DÉSIR

JESSA JAMES

Désir : Copyright © 2019 par Jessa James

Tous droits réservés. Aucune partie de ce livre ne peut être reproduite ou transmise sous quelque forme que ce soit ou de quelque manière, électrique, digitale ou mécanique. Cela comprend mais n'est pas limité à la photocopie, l'enregistrement, le scannage ou tout type de stockage de données et de système de recherche sans l'accord écrit et exprès de l'auteur.

Publié par Jessa James
James, Jessa
Désir
Design de la couverture copyright 2019 par Jessa James, Auteure
Crédit pour les Images/Photo : fxquadro

Note de l'éditeur : Ce livre a été écrit pour un public adulte. Ce livre peut contenir des scènes de sexe explicite. Les activités sexuelles inclues dans ce livre sont strictement des fantaisies destinées à des adultes et toute activité ou risque pris par les personnages fictifs dans cette histoire ne sont ni approuvés ni encouragés par l'auteur ou l'éditeur.

À PROPOS DÉSIR

Tout ce que je voulais, c'était un coup d'un soir... une nuit torride, épuisante, sans limites et sans attaches.

Le plan ? Rencontrer M. Grand, Ténébreux et Séduisant à un bar, et le ramener chez moi. Et voilà.

Mais personne ne m'avait jamais touchée comme ça, ne m'avait possédée comme ça... jamais.

Les premiers rayons du soleil apparaissent, et il est parti. Moi ? Je dois retourner dans le vrai monde. Pas le monde fantastique qu'il avait créé. Je mets les plus hauts talons que j'ai et je me prépare à rencontrer mon tout nouveau patron.

Sauf que c'est *lui*. Je dois être son adjointe de direction personnelle... mais tout ce que j'arrive à faire, c'est en désirer davantage. Oui, j'ai un travail à faire, et ce n'est pas ce qu'il pense être. Je suis là pour fouiner dans les archives financières de son entreprise en tant que journaliste infiltrée.

Mais l'ironie du sort, c'est que je ne suis pas la seule à avoir un désir refoulé. Mon nouveau patron n'a pas oublié la nuit précédente.

Chaque regard est brûlant et la tension monte à chaque fois que je rentre dans son bureau.

De longues heures, tard dans la nuit, et nous deux, dans de petits bureaux... L'un comme l'autre, nous sommes tentés par ce sexe torride qui donne envie de crier à pleine voix. On est tellement proches de s'entre-déchirer nos vêtements, la seule chose qui nous en empêche, ce sont les éventuelles conséquences.

Est-ce que nous cèderons tous les deux ? Ou resterons-nous à nous désirer à jamais ?

1

Cameron Parker se protégea les yeux contre les lumières éblouissantes réverbérées sur les murs de la boite punk envahie par la fumée. Elle était tout à l'arrière de la salle, contre le mur à côté de la porte. Le sol de la boîte était incliné en direction de la scène, et Cam avait donc une bonne vue d'ensemble.

Mais elle n'arrivait pas à trouver la personne qu'il lui fallait. Elle cherchait son amie Liz, qui avait promis de la rejoindre ici. Cam était déjà venue ici, mais toujours avec des amies. Jamais seule.

Elle vérifia son téléphone en faisant mine de ne pas voir le torrent de mails et de textos qui l'attendaient. Tout ça, c'était du travail, et elle s'était promis de passer une bonne soirée avant de commencer sa nouvelle mission.

Il était 22h10. Liz était en retard, comme d'habitude. Cam regarda les gens agglutinés autour d'elle et soupira. Elle aurait aimé être ailleurs.

La boîte était horriblement bruyante, même si aucun groupe ne jouait. De la musique rythmée sortait péniblement des enceintes bon marché, ce qui empêchait Cam d'appeler Liz.

Elle tourna la tête et aperçut son reflet dans un miroir craquelé, tout vieillot, accroché sur un mur de la boîte. Elle était grande et élancée, avec des cheveux roux. Elle avait mis beaucoup d'ombre à paupières ce soir, et avait décidé de porter une robe en cuir sans manche. Les seuls endroits de son visage épargnés par les paillettes étaient ses grands yeux bleus et ses lèvres rose pâle. Ils étaient respectivement couverts d'un maquillage sombre, et de beaucoup de gloss à lèvres.

L'image reflétée ondula contre la surface du miroir brisé, lui donnant un air dément. Ce qui allait parfaitement avec son entourage immédiat.

Cam se détourna du miroir et prit une longue gorgée de son verre. Ça la rendait nerveuse d'être là toute seule, sans amie. Une femme seule avait toujours l'air pathétique, mais en même temps, c'était un peu ce qui ressortait de cette boîte. Du pathétique.

Elle finit son verre et se dirigea vers le bar. Les gens tourbillonnaient autour d'elle, et la place qu'elle avait gardée jusque-là fut immédiatement absorbée par la foule. Ce bar était toujours plein de monde, malgré le manque de serveurs et de places assises.

Si elle voulait rester suffisamment de temps pour dire coucou à Liz, elle allait pouvoir se prendre un autre verre. Elle se faufila entre deux hommes costauds, attendant patiemment que le barman la remarque.

L'un des deux hommes repartit. Cam dut s'y prendre à deux fois pour voir le nouvel homme qui venait de prendre sa place.

La vache.

Il était gigantesque, au moins un mètre quatre-vingt-quinze, et semblait être tout en muscles. Il portait une veste en cuir noir et un jean noir. Les cheveux sombres, des yeux d'un bleu sombre, des tatouages tout le long des bras. Il était coiffé comme dans cette série populaire, Peaky Blinders, avec les cheveux longs sur le dessus et rasés sur les côtés.

Mais c'est l'expression de son visage qui marqua Cam. Quelque chose qui ressemblait à de l'amusement restait sur ses traits, mais Cam y voyait quelque chose de plus rude. De la colère, ou peut-être de la haine de soi.

Elle remarqua qu'elle le regardait avec beaucoup trop d'insistance une seconde avant qu'il ne la surprenne. Ses yeux passèrent alors sur le visage de Cam, puis le long de ses jambes élancées, avant de remonter sur sa poitrine.

Puis, il la regarda droit dans les yeux et *sourit*.

Un frisson parcourut Cam en voyant ce sourire. C'était comme s'il y avait un grand chat qui lui souriait, en position de chasse, prêt à lui sauter dessus.

Elle rougit et baissa les yeux. Ça n'empêcha pas l'homme de se glisser juste à côté d'elle.

— Je vous offre un verre ? demanda-t-il.

À son accent, il venait de Grande-Bretagne, ce qui était assez sidérant. Sa voix était adorable, ronronnante et grave, ce qui allait parfaitement avec son apparence. Cam releva les yeux pour le regarder, légèrement déphasée. Elle s'éclaircit la gorge, subitement nerveuse, mais força sa voix à rester posée malgré tout.

— Bien sûr, répondit-elle. Un whisky, *on the rocks*.

Il se tourna vers le bar pour chercher le barman, lui fit signe de venir, et passa la commande dont les mots furent absorbés par le brouhaha ambiant. Il paya les consommations puis se retourna vers Cam en lui tendant un verre qu'il tenait par le dessus.

— Merci, fit-elle.

Leurs doigts se touchèrent lorsqu'elle prit le verre. L'homme prit une gorgée de sa boisson sans cesser de la regarder. Cam fut forcée de sourire. Soit cet homme était un prédateur né, soit il faisait ça très souvent.

Mais ça ne la dissuadait pas vraiment. Elle prit une longue gorgée de whisky, en songeant qu'il y avait peut-être une raison cosmique au fait que Liz ne soit pas présente ce soir. Cam n'était pas du genre à ramener des mecs chez elle, mais il était tellement canon...

— Alors, tu me dis ton nom, ou je dois deviner ? demanda-t-il en arquant un sourcil.

Sa voix était raffinée, posée, comme s'il venait tout juste de sortir du Parlement. Et pourtant, il était là, à un spectacle de punk rock. Cam le considéra avec curiosité.

— Je m'appelle Cameron, répondit-elle. Cam, pour les amis.

— Moi, c'est Smith.

Il lui tendit une main, qu'elle serra. Elle sentit un millier de petites épines énergétiques parcourir sa peau sous ce contact, et c'était très compliqué pour elle de ne pas regarder cet homme avec un air de biche. Elle résista à cette idée, cependant, préférant la jouer détendue.

— Alors... fit-elle en retirant sa main. Tu es là pour voir le groupe?

Il s'appuya contre le bar, ce qui rappela à Cam qu'il avait des muscles très développés sous cette veste en cuir, ainsi qu'un t-shirt de *Death From Above* avec la date 1979 estampillée dessus.

— Ah, *The Blinds* ? Oui, je suis là pour ça. Le batteur est un de mes amis, ajouta-t-il.

Cam ne savait pas quoi ajouter, et elle choisit de remplir le silence en prenant une autre gorgée de whisky. À ce rythme-là, elle allait très vite avoir du mal à garder un pied devant l'autre.

Elle regarda ce grand rocker punk stupidement sexy, et se mordilla la lèvre. Est-ce que ce serait aussi terrible que ça de montrer ses envies, rien que pour une nuit ?

— Un autre verre ? demanda M. Grand, Ténébreux et Séduisant.

Cam regarda le verre qu'elle tenait dans les mains et fut surprise de voir qu'il était vide.

— Pourquoi pas, oui, fit-elle. Il est encore tôt, pas vrai ?

Smith sourit de nouveau et fit un autre signe au barman. Cam profita de cette opportunité pour mieux le regarder. Il avait une fossette du côté droit qui ressortait quand il souriait comme ça. Et sa veste en cuir, remontée sur ses coudes, dévoilait des avant-bras musculeux aux veines saillantes qui envoyaient des décharges de faiblesse dans les genoux de Cam.

Elle détourna le regard et passa une main le long de sa hanche, gainée dans sa petite robe en cuir. Elle devait se lever tôt demain, pour le travail. Elle commençait une nouvelle mission, un boulot d'infiltration à Calloway Corp, où elle endosserait un poste de secrétaire afin de savoir si les quelques écarts financiers remarqués étaient vraiment inoffensifs... ou si ça cachait quelque chose.

Mais depuis que, lors de sa dernière mission en tant que journaliste d'investigation, elle avait découvert – par appel téléphonique – ce qu'il se passait vraiment dans les abattoirs, elle s'était promis de prendre quelques jours de repos avant de repartir sur une autre mission. Elle travaillait dur, et elle méritait bien de se reposer.

Smith lui tendit un autre verre, et le groupe commença à installer le matériel sur scène. Aucun d'entre eux ne se fondait vraiment dans le paysage, à part peut-être le chanteur principal avec ces cheveux vert fluo arrangés en pointes tout le long de son crâne.

Smith hocha la tête, appréciateur. Cam sourit. C'était dur de ne pas admirer l'appréciation chez les gens, surtout quand c'était exprimé par quelqu'un d'aussi séduisant.

— Allez, fit-il en levant son verre vers elle pour qu'ils trinquent. Aux nouvelles expériences, et aux moments qu'il faut vivre pleinement.

Cam sourit en trinquant avec lui, puis prit une gorgée. Il jouait vraiment avec elle, il la provoquait avec son toast. En un seul coup d'œil, elle était sûre qu'il avait déjà perfectionné ses techniques depuis longtemps, et que cette petite déclaration n'était que le début.

Mais il ne disait pas grand-chose. Peut-être que son truc, c'était d'être beau et mystérieux, alors. Il avait assurément l'habitude que les filles soient nerveuses en sa présence, le regardent avec de grands yeux comme elle-même l'avait fait.

Peut-être qu'il était temps qu'elle prenne le contrôle. Que ce soit elle qui mène leur danse. Elle avait une vague envie d'enlever le sourire qu'il avait sur le visage. Et pourquoi elle ne le ferait pas avec sa propre bouche, d'ailleurs ?

Le groupe commença à jouer, et les lumières se tamisèrent. C'était comme si c'était fait pour.

Cam posa son verre sur le bar et se plaça face à lui, en le regardant droit dans les yeux. Il leva les sourcils, se tourna en posant son verre. Avant qu'elle ne puisse hésiter ou vaciller, Cam leva les bras et saisit le revers de sa veste en cuir.

Elle tira avec force pour qu'il se baisse et l'embrassa.

Le contact de ses lèvres contre les siennes était électrisant. La sensation se répandit tout le long de sa peau, envoyant un frisson de plaisir dans tout son dos. Smith eut d'abord l'air surpris par le baiser, mais il le lui rendit après un instant, en faisant passer ses doigts dans ses cheveux roux.

Ce baiser était comme un incendie, commençant par une petite étincelle mais grandissant en un immense brasier en quelques instants. Cam passa son bras autour de la taille de Smith pour se rapprocher de lui. Dans ses bottes, elle pouvait sentir que ses orteils s'étaient recroquevillés.

Smith rompit leur baiser pour s'attaquer à son cou. Cam laissa échapper un gémissement de satisfaction et de besoin. Elle enfonça légèrement ses ongles dans la nuque de Smith, qui gronda.

— Tu es pleine de surprises, pas vrai ?

Elle ne lui répondit pas et se contenta de l'embrasser de nouveau, avec force. Leurs langues se mêlèrent en une bataille que tous deux appréciaient. Lorsqu'elle se retira un peu et mordilla la lèvre inférieure de Smith, il gronda de nouveau en faisant passer ses mains sur le corps de Cam.

Quand elles arrivèrent jusqu'à son cul, Cam se résolut à s'écarter de lui en relevant la tête.

— Tu veux qu'on... aille quelque part ? demanda-t-elle, ravie que ce soit elle qui prenne les devants.

— Oh que oui, répondit-il.

Elle se mordilla la lèvre en essayant de se retenir de sourire. Elle le regarda entre ses cils. Quelque chose chez cet homme lui *hurlait* de le ramener chez elle. C'était un parfait inconnu, mais elle avait cette impression qu'elle pouvait lui faire confiance.

— Super. Mon appart est juste au bout de la rue.

— Je t'en prie, passe devant, fit-il en opinant du chef.

Cam empoigna son petit sac de soirée et se faufila à travers la foule avant de sortir dans la rue, beaucoup plus sombre. Les lampadaires étaient éteints sur toute la rue, et presque dans la totalité du quartier. Ce n'était pas exactement le quartier le mieux famé de la ville, mais Cam s'en sortait. Elle vivait dans les anciennes combles d'un entrepôt, en bas de la rue, et elle était donc tout à fait consciente de la réputation particulière de son quartier.

— On appelle une voiture ? demanda Smith lorsqu'il remarqua que Cam traversait le parking sans s'arrêter.

— Pas besoin, j'habite à cinq cents mètres, répondit-elle en pressant le pas pour ne pas se sentir mal à l'aise.

— Tu habites ici ? demanda-t-il en regardant le pâté d'immeubles vers lequel elle se dirigeait.

— Oui. Ça te pose un problème ? rétorqua-t-elle. Elle le regarda, lui et son attirail punk rock. Ça lui paraissait invraisemblable qu'un type aussi costaud puisse avoir des problèmes en rentrant seul le soir.

— Non, c'était juste de la curiosité.

Ils prirent l'angle, et l'appartement de Cam apparut.

— C'est juste là, fit-elle. Sa nervosité commença à se faire sentir lorsqu'elle voulut sortir ses clefs de son sac.

Elle survola rapidement les marches qui menaient jusqu'à la porte, en forçant ses mains à ne pas trembler lorsqu'elle fit entrer la clef dans le verrou. Elle pouvait sentir les yeux de Smith sur tout son corps lorsqu'elle parvint à ouvrir le battant.

Elle jeta un œil par-dessus son épaule et le laissa entrer

dans le loft avant de refermer derrière lui. L'appartement était constitué d'une seule pièce immense. Les murs et le sol étaient en pur ciment, mais Cam avait fait de son mieux pour aménager le tout. Il y avait des tapis doux un peu partout, un canapé d'angle adorable, une cuisine décorée de manière très féminine, et une double porte légère en style japonais marquait la délimitation entre sa chambre et le reste. Dans un coin, elle avait établi un petit bureau de travail, et dans un autre, il y avait la salle de bains.

— C'est sympa, fit-il en observant l'appartement. On dirait que tu t'en sors bien.

Son accent si particulier fit de nouveau frissonner Cam. Il devait sûrement savoir que ça faisait vibrer les filles.

— C'est pas encore fini, répondit-elle en posant son sac et ses clefs sur une petite table. Tu veux boire un truc ?

— J'ai surtout envie d'autre chose, répliqua-t-il. Il sourit et passa ses mains sur sa taille pour l'attirer contre lui. Il se baissa pour trouver sa bouche.

Cam s'abandonna immédiatement à lui et lui rendit son baiser. Il la fit reculer au fur et à mesure vers la chambre, et elle s'y laissa amener. Elle le voulait, c'était sûr. Sinon, elle ne l'aurait pas ramené à son appartement.

Elle se tourna pour ouvrir la double porte qui menait à sa chambre, révélant un lit double aux draps blancs. Il la suivit en l'embrassant dans le cou. Elle retint son souffle, sentant qu'elle commençait à mouiller. Sa chatte se contracta de besoin.

Il fit glisser la fermeture éclair de sa robe avec des doigts experts, en prenant tout son temps. Elle prit une inspiration et laissa sa tenue tomber sur le sol. Elle était nue à l'exception d'un string noir en dentelle.

Elle ferma les yeux, et entendit la longue inspiration qu'il prit en la voyant comme ça.

— Mon dieu, tu es absolument magnifique, fit-il en la faisant de nouveau pivoter vers lui.

Elle ouvrit les paupières et le regarda, remarquant soudain que ses yeux bleus étaient presque noirs tant ils étaient sombres. Smith lui posa une main sur chaque sein, les soupesant.

Cam sentit sa respiration se bloquer dans sa gorge et elle frissonna sous son contact. Ses tétons se durcirent. Elle tendit les bras et commença à le déshabiller lui aussi, enlevant d'abord sa veste en cuir.

Il fit lui-même passer son t-shirt au-dessus de sa tête, dévoilant des muscles impressionnants. C'était une œuvre d'art vivante, tout en abdominaux ciselés et en biceps sous tension. Les tatouages qui parcouraient sa peau hypnotisèrent Cam, même si, par manque de lumière, elle ne pouvait pas précisément dire ce qu'ils représentaient. Elle faisait tout son possible pour se contrôler et continuer à le déshabiller plutôt que de rester à le regarder, les bras ballants.

Enfin, il fut débarrassé de ses chaussures et de son jean noir. Il envoya voler son caleçon et se rapprocha de Cam, mais elle eut le temps d'apercevoir sa bite. Apparemment, il n'était pas seulement arrogant, il était vraiment aussi bien équipé qu'il le laissait entendre avec son attitude.

Ils s'embrassèrent de nouveau, et elle recula au fur et à mesure, l'entraînant irrésistiblement vers le lit. Elle sentit l'arrière de ses genoux taper contre le bord du lit, et elle se laissa tomber en arrière.

Smith s'arrêta un instant, et alla chercher quelque chose dans son portefeuille. Elle le vit attraper un petit paquet en aluminium. Elle approuva silencieusement. S'il n'avait pas pris de préservatif, c'est elle qui en aurait sorti un.

Puis, il fut de nouveau sur le lit, sur elle. Il l'embrassa avec passion, puis s'occupa de ses deux seins, faisant rouler ses tétons l'un après l'autre avec sa langue. Cam gémit en sentant les pulsations entre ses seins et sa chatte alterner.

Elle se tortilla pour enlever son string, ne voulant rien entre elle et sa bite.

Il se retira juste assez longtemps pour enfiler le préservatif, puis il écarta les jambes de Cam. Il plaça sa bite à son entrée.

— Oui, murmura-t-elle. Vas-y, oui.

Il sourit un instant, puis pénétra lentement dans sa chatte, centimètre par centimètre. Cam laissa un cri lui échapper.

— Tu es tellement serrée, fit-il avant de donner une autre impulsion. Sérieux.

Elle entrelaça ses jambes autour de lui et se laissa porter par le rythme qu'il imposait. Elle gémissait à chaque fois que sa bite entrait et sortait, en stimulant chaque petit endroit qui avait besoin d'attention. Il la faisait s'embraser en la travaillant avec autant de précision.

Il se retira soudain, la faisant se retourner pour qu'elle soit à quatre pattes. Elle cria lorsqu'il plongea de nouveau en elle. Il attrapa ses cheveux dans un poing, et tira doucement dessus en continuant à la baiser.

Elle se sentit réveillée par cette sensation proche de la douleur, et commença à se projeter contre lui à chaque fois qu'il donnait une impulsion, gémissant de plus en plus fort. Elle l'entendait grogner, et elle le sentit passer sa main autour de sa taille pour la mettre entre ses jambes.

Il toucha son clitoris, rendu glissant par sa propre excitation. Il fit des cercles lents, et ses coups de reins se firent plus courts. Cam pouvait sentir toute la tension en lui, elle pouvait le sentir se préparer, mais elle était trop absorbée par ses propres sensations pour s'en occuper.

Elle était au bord du précipice, prête à tomber à chaque instant. Smith pinça son clitoris, ajoutant un peu de douleur à son plaisir, et elle se sentit exploser.

Son corps fut parcouru de spasmes, et elle se sentit partir, subjuguée de plaisir. Elle sentit Smith se raidir et jouir avec un grognement avant de plonger une dernière fois en elle.

Il se laissa tomber à côté d'elle et elle se mit sur le côté, luttant pour reprendre son souffle. Elle était encore sous le choc, mais elle ne lui dit rien. Il n'avait apparemment pas envie de parler, puisqu'il ne dit rien non plus.

Il retira le préservatif, mais elle ne vit pas où il le mit.

Elle sentit ses paupières devenir lourdes, mais elle n'était pas à l'aise à l'idée de dormir à côté de lui. Elle allait se retourner et lui dire de partir, mais elle le sentit se lever du lit.

Elle resta immobile, attendant de voir ce qu'il allait faire. Il ne perdit pas de temps et se rhabilla. Quand il fut prêt, il s'arrêta un instant, et regarda le corps nu de Cam. Il hésita, comme s'il n'était pas habitué à ce moment.

Quoi, il n'avait pas l'habitude de se tirer dans le dos de la fille après qu'il l'ait baisée ? Si Cam n'avait pas fait semblant de dormir, elle aurait levé les yeux au ciel.

Après un instant, il se tourna et sortit de la chambre en refermant les battants derrière lui. Cam se concentra pour essayer d'entendre s'il fouillait dans ses affaires. Ce ne serait pas la première fois qu'elle jaugeait mal les intentions de quelqu'un, même si elle n'avait pas l'habitude de coucher avec des gars qu'elle ne connaissait pas. Et encore moins de les ramener chez elle...

Le son de claquement de la porte d'entrée la fit se redresser dans le lit. Apparemment, elle avait choisi le seul punk du monde qui n'avait tellement pas besoin d'argent qu'il n'avait même pas fouillé dans ses affaires en la pensant endormie.

Elle regarda l'heure sur sa table de nuit. Il n'était que minuit.

Elle ferma les yeux en se souriant à elle-même. Cette soirée avait été fun, au moins. Une bonne manière de se détendre avant sa nouvelle mission.

Elle se laissa emporter par le sommeil, ravie et bien baisée.

2

Les talons de Cameron cliquetèrent contre les marches qu'elle montait pour sortir du métro, le téléphone collé contre son oreille.

— On a créé ton passé d'adjointe de direction, alors il faudra bien que tu te rappelles de ton séminaire de secrétariat, lui dit Erika MacMillan, sa patronne, à l'oreille.

En tant que journaliste d'investigation en devenir pour le Daily News, Cam avait fait beaucoup de choses, mais s'infiltrer en tant que secrétaire chez Calloway Corp était très différent. Elle allait fouiner dans les comptes et les finances de l'entreprise, en essayant de comprendre s'ils avaient une simple hémorragie financière ou si quelqu'un de corrompu se cachait derrière tout ça.

— J'ai révisé tout ça la semaine dernière, répondit Cam. Promis, tout ira bien.

— Tu vas avoir besoin de tes compétences en comptabilité sur ce coup-là.

— Mes compétences en comptabilité ? J'ai fait même pas

quatre semaines de comptabilité avant de changer de cursus, reprit Cam avec irritation.

— Eh bien, ma grande, fais des efforts et utilise tes connaissances au mieux, d'accord ? Surtout si tu veux gagner ta place en tant que reporter dans l'équipe. Peut-être que tu préfères rester garçon de courses avec un boulot de stagiaire ?

Cam fronça les sourcils. Elle détestait vraiment être celle qui devait faire les photocopies et aller chercher du café pour tout le monde. Cette mission était sa chance de prouver qu'elle était au-dessus de tout ça.

— D'accord, soupira-t-elle. Je me souviens des bases de mes cours de compta.

— Bien. Quand est-ce que tu commences à Calloway Corp ?

— Dans vingt minutes. Et oui, je porte bien la petite robe noire très sage pour le premier jour, avant que tu ne le demandes.

— Humpf, rétorqua Erika. Tu sais que beaucoup de gens apprécient mon sens du détail.

Cam leva les yeux au ciel.

— Enfin. Tu m'as choisie moi pour cette mission. Il va falloir que tu me fasses un peu plus confiance que ça si tu veux que je trouve vraiment quelque chose.

— Je te fais confiance, reprit Erika, sur la défensive. J'ai vraiment mis le paquet pour que ce soit toi sur cette mission. Franchement, c'est déjà un triomphe qu'ils aient bien voulu qu'on enquête là-dessus. Les grands patrons pensent qu'il n'y a rien de bizarre dans les déclarations financières, et ils pensent que tu ne trouveras rien du tout.

— Je le sais bien, dit Cam en s'arrêtant de marcher. Elle était en face de Calloway Plaza. Ça compte beaucoup pour moi aussi. C'est ma première vraie mission, même si elle est un peu hors-norme. Il y a quelque chose de bizarre sous tout ça, c'est sûr. Je peux le sentir. Je suis certaine qu'il y a de l'argent détourné quelque part.

— Cameron...

— Il faut que j'y aille. Je suis déjà trop proche du bâtiment, je devrais pas te parler, reprit Cam.

— D'accord, soupira Erika. Bonne chance.

— Je te fais un topo dans quelques jours, d'accord ?

— Ça marche.

Cam raccrocha, se sentant soudain surexcitée.

Elle leva les yeux sur le bâtiment principal où elle entrerait, sous peu, pour commencer son premier jour de travail. C'était une œuvre d'art, tout en chrome et en béton, certainement la grande fierté d'un architecte de renom.

C'était la manière de s'affirmer d'une personne, même si ce qu'elle affirmait, c'était qu'une entreprise de défense militaire privée pouvait être représentée par un immeuble artistique. Cam était déjà venue à trois reprises pour des entretiens, mais maintenant, c'était pour de bon.

C'était la première fois qu'elle essayait d'être la journaliste qui dévoilerait une affaire. Tout ce qu'il lui restait à faire, c'était faire ami-ami avec des hauts gradés, les faire parler d'informations confidentielles financières, et réussir à étayer ces propos avec des preuves tangibles.

Elle rit tout fort, un peu tremblante. Elle se secoua les bras et les jambes pour disperser l'anxiété qui s'y était accumulée, une vieille habitude qu'elle avait prise, plus jeune, en grandissant dans le système des familles d'accueil.

C'est rien, secoue-toi ! se força-t-elle à penser, en songeant à une version plus jeune d'elle qui l'encouragerait. Elle avait fait du chemin depuis qu'elle avait quitté le système, après quatre ans de service en salle et de cours du soir. Et puis, un an plus tôt, elle avait décroché ce boulot au Daily News, et elle essayait toujours de faire ses preuves.

Tout ça pour qu'elle arrive là. Elle pouvait y arriver.

Elle expira et traversa la rue jusqu'à Calloway Plaza, déterminée à ne pas laisser transparaître sa nervosité. Elle réajusta sa robe noire, sortit sa toute nouvelle carte d'employée, et passa les portes vitrées à grandes enjambées.

Elle passa quelques portes et arriva à une réception. Elle regarda la zone d'attente élégante pour essayer de se détendre.

— Je peux vous aider ? demanda la réceptionniste, une jolie blonde.

Cam déglutit, en essayant de ne pas songer qu'elle devrait ressembler à ça, désormais.

— Bonjour, je suis Cameron Turner, je viens pour voir... Stéphanie ? demanda-t-elle. Elle manqua de se tromper sur le faux nom de famille qu'elle utilisait pour cette mission.

La réceptionniste acquiesça et saisit le téléphone devant elle. Elle y souffla quelques mots, puis raccrocha.

— Vous pouvez vous asseoir, ajouta-t-elle alors.

Cam sourit et prit un siège. Elle attendit une minute en essayant de ne pas s'agiter dans le fauteuil.

Quelques instants plus tard, une porte en bois clair s'ouvrit en coulissant, et Stéphanie apparut. Une femme aux cheveux gris, fine, au style immaculé, c'était Stéphanie, elle avait fait passer les entretiens à Cam et avait finalement décidé de l'embaucher.

Juste derrière elle se tenait une autre femme, une jolie brune. Elle était en larmes et tenait devant elle une boîte en carton dans laquelle se trouvait apparemment le contenu de son bureau.

Stéphanie s'arrêta et tapota le bras de la brune.

— Merci, Ingrid. Attendez-vous à une indemnité de licenciement avec votre dernière paye, déclara-t-elle.

La jeune femme acquiesça, refoulant apparemment une nouvelle vague de pleurs. Elle pivota et courut presque vers la sortie.

Stéphanie se tourna vers Cam, soudain radieuse.

— Cameron ! Vous êtes pile à l'heure, remarqua-t-elle.

— Oui, madame, répondit Cam en se levant.

— Eh bien, vous arrivez pile à temps, ajouta Stéphanie. M. Calloway vient tout juste de perdre son adjointe. Le jeune Calloway, j'entends.

Les sourcils de Cameron se levèrent de surprise.

— M. Calloway ? Vraiment ?

— Oui, vraiment. Suivez-moi, je vais vous installer, fit Stéphanie en se dirigeant vers les ascenseurs. D'ordinaire, on ne mettrait pas une nouvelle recrue à un poste aussi important, mais vous avez un excellent profil. Et puis, M. Calloway ne peut vraiment pas s'en sortir sans adjointe de direction.

Quelque chose fit une étincelle dans le cerveau de Cam lorsqu'elles entrèrent dans la cabine d'ascenseur. Stéphanie appuya sur le vingt-et-unième, un étage avant le dernier.

— Quand vous dites qu'il vient de perdre son adjointe...

— Je parle d'Ingrid, la fille qui vient de passer. Oui. Malheureusement, M. Calloway trouvait que ses services laissaient à désirer.

— Je... commença Cam avant de s'interrompre en secouant la tête.

Stéphanie la regarda en coin.

— Ne vous inquiétez pas. Votre CV atteste que vous avez

travaillé pour trois grands patrons. Ça sera globalement la même chose, rien d'extraordinaire.

— Bien sûr, acquiesça Cam. Elle sourit en essayant de paraître calme et posée.

Les portes de l'ascenseur s'ouvrirent, et Cam entra dans une autre aire de réception, cette fois toute en chrome. Il y avait une réceptionniste ici aussi, une brune bien en chair. Elle fronça les sourcils en voyant Cam arriver, jusqu'à ce qu'elle remarque Stéphanie à ses côtés.

Elle se leva immédiatement.

— Madame. Elle salua Stéphanie en baissant la tête. Je suppose que vous savez qu'Ingrid vient de nous quitter ?

— Oui, oui, éluda Stéphanie. Lucie, voici Cameron. Cameron, Lucie. Cameron va s'occuper de remplacer le poste d'Ingrid.

Lucie ouvrit la bouche, éberluée.

— Déjà ? balbutia-t-elle.

— Vous préféreriez que M. Calloway se retrouve sans adjointe, Lucie ?

Lucie pâlit visiblement et déglutit.

— Non, madame.

— Aidez Cameron à s'installer, Lucie, vous voulez bien ? Montrez-lui un peu son environnement de travail. J'ai des appels à passer.

— Bien, madame.

Stéphanie agita la main et repartit, les talons cliquetants. Cameron se tourna vers Lucie, les yeux un peu écarquillés.

— Ne pose même pas de questions, fit Lucie en soupirant. Viens, je vais t'installer.

— D'accord, répondit Cam avec un haussement d'épaules.

Lucie la mena à travers plusieurs portes chromées, puis

le long d'un couloir. Elle s'arrêta devant un bureau vide, qui offrait une vue imprenable sur la ville depuis la fenêtre. Derrière le bureau se trouvait une porte, qui devait sans doute mener au bureau de M. Calloway.

— Voilà ton bureau, fit Lucie avec les sourcils arqués. Le bureau de M. Calloway est juste-là. Il garde la porte fermée quand il est en rendez-vous, ou quand il ne veut pas qu'on le dérange. Voici l'agenda papier de M. Calloway. À mon avis, tu ferais mieux de prendre quelques minutes pour te familiariser avec son agenda en ligne, aussi.

Lucie ponctua sa phrase d'un signe vers l'ordinateur du bureau. Cam fit le tour du bureau et tira la chaise pour y poser son sac.

— D'accord. Qu'est-ce que je dois savoir d'autre ?

— Hum... les toilettes sont à l'autre bout de ce couloir. Appuie sur neuf pour appeler vers l'extérieur. Sinon, compose un numéro de poste pour appeler quelqu'un dans le bâtiment. La pause déjeuner est de midi à une heure, sauf si M. Calloway en décide autrement. Sa réunion devrait se finir dans cinq minutes, environ. Si j'étais toi, je serais aussi préparée que possible. Et puis... Elle se mordit la lèvre. Attends, je vais te connecter au système informatique.

Pendant les minutes qui suivirent, Lucie montra le système informatique de toute l'entreprise à Cam. En utilisant le nom de famille de Cam et les quatre derniers chiffres de son numéro de sécurité sociale, Lucie lui donna accès aux clefs de tout le royaume.

—Voilà, ça, c'est pour l'agenda. Le reste de ton boulot va dépendre des besoins de M. Calloway, dit Lucie. Elle regarda Cam d'un air sceptique. Mais apparemment, tu sais déjà tout ça.

Cam sourit, en prétendant ne pas remarquer le ton qu'elle avait pris.

— Oui, j'ai déjà travaillé pour trois autres grands patrons, je pense que ça devrait aller.

Lucie commença à dire quelque chose, mais la porte derrière elles s'ouvrit.

— Il faudra voir comment le marché se comporte, dit le premier homme qui sortit.

Il avait un accent britannique très bourgeois. Il parlait à quelqu'un à l'intérieur du bureau, mais Cam ne pouvait pas le voir sans se pencher, ce qui aurait été très malpoli. L'homme aux cheveux gris et bien habillé s'arrêta lorsqu'il vit Lucie et Cam.

— Mesdemoiselles ? demanda-t-il.

Lucie se redressa, attrapant le bras de Cam pour la faire se lever.

— M. Calloway, salua-t-elle en baissant poliment la tête. Je vous présente Cameron, la remplaçante d'Ingrid.

— Ah ! Spencer Calloway, se présenta-t-il. C'est un plaisir de vous rencontrer, ajouta-t-il en serrant la main de Cam.

— Un plaisir partagé, répondit Cam. Elle remarqua qu'il était grand et plutôt bien bâti. En son temps, il avait dû être un homme à femmes.

Est-ce que c'était lui, son patron ?

L'homme la jaugea rapidement du regard, puis se retourna vers le bureau derrière lui.

— Smith ! Ta nouvelle assistante est arrivée ! appela-t-il.

Cam eut peut-être trois secondes pour retourner le nom dans sa tête avant que son possesseur ne sorte du bureau. Elle ne se remit vraiment qu'une demi-seconde avant qu'il ne soit face à elle.

C'était le même Smith que la nuit dernière. M. Grand, Ténébreux et Séduisant en personne. Sauf que cette fois, il portait un ensemble professionnel très cher, loin de la veste de cuir punk rock de la veille.

Elle ouvrit la bouche, sous le choc.

— Bonjour... commença-t-il avant de s'arrêter. Il la regarda, elle et sa robe noire formelle. Elle le vit comprendre, lui aussi, puis se reprendre. Hum... Vous vous appelez comment, déjà ?

— Cameron, répondit-elle en papillonnant des yeux. Elle tendit la main. Je suis votre nouvelle adjointe de direction.

Il lui serra la main. Le contact de leurs peaux fit se dresser les poils de la nuque de Cam. Leurs regards se rencontrèrent et restèrent là, tandis que le moment formel s'éternisait un peu trop.

— Très bien, parfait. C'était un plaisir de vous rencontrer, Cameron, déclara M. Calloway senior. Lucie, vous pourriez me raccompagner ? Il faut lui laisser le temps de s'installer.

— Oui, M., accepta Lucie. Elle jeta un œil par-dessus son épaule en escortant son patron le long du couloir.

Cam était trop occupée à ne pas visuellement embrasser son nouveau patron pour s'en préoccuper. C'était simplement que... il portait très bien son costume, et il se trouvait qu'elle savait ce qui se trouvait en-dessous.

Cam et Smith restèrent silencieux jusqu'à ce que les deux autres aient disparu. Puis, il se tourna et saisit le téléphone.

—Tu appelles qui ? demanda Cam.

— Stéphanie, répondit-il en composant le numéro sans

cesser de la regarder. Pas la peine de discuter de ce qui s'est passé la nuit dernière. Je vais simplement te faire transférer.

— Arrête ! protesta-t-elle en appuyant sur le support pour le faire raccrocher. Attends.

— Pourquoi ? demanda-t-il, les sourcils froncés.

Elle savait que la meilleure manière de trouver des problèmes dans le domaine financier était dans ce bureau. Si elle le laissait la transférer, elle allait laisser passer une chance phénoménale. Elle chercha désespérément quelque chose à dire.

— Écoute, j'ai besoin de ce boulot, dit-elle en relevant la tête pour le regarder. J'ai vraiment, vraiment besoin de ce boulot. Sans lui, je peux dire au revoir à mon appart.

— Et alors ? Tu peux très bien faire ce boulot pour quelqu'un d'autre, répondit-il. Son accent britannique était tellement doux qu'il lui donnait des frissons.

—Mais... commença Cam. Elle attrapa soudain le poignet de Smith. Le contact fut comme un petit choc électrique. Il la regardait droit dans les yeux. J'ai été recommandée par quelqu'un qui bossait ici pour ce poste, tu vois ? Si je cause des soucis et qu'on me transfère quelque part, ça sera... enfin, ça sera mauvais pour moi. Très mauvais. »

Smith grimaça et retira son poignet.

— Alors, quoi ? Qu'est-ce que tu veux ? demanda-t-il.

— Donne-moi une semaine, c'est tout, répondit-elle en essayant de cacher sa joie. On fait tous les deux comme si rien ne s'était passé, et je suis à l'essai pour une semaine.

L'espace d'un instant, elle ne fut pas sûre qu'il accepte. Il se passa une main dans les cheveux, l'air embêté. Mais quand même, il ne pouvait pas la punir pour la nuit dernière, si ?

Une semaine, articula-t-il enfin. Tu seras là quand je serai là, c'est ça ?

— Oui ! Merci. Tu ne le regretteras pas, promis !

— Écoute... Fais ton travail, c'est tout. Et ne parle pas de mes activités extérieures, ajouta-t-il en secouant la tête.

— D'accord.

Avec un dernier regard incertain, il repartit dans son bureau. Le téléphone sur le bureau de Cam sonna et elle se précipita pour y répondre, se laissant aspirer dans le tourbillon de ses tâches désormais quotidiennes.

3

Smith était vraiment dans de beaux draps.

Il avait travaillé tard la veille, distrait par la présence de Cameron. Il ne la voyait peut-être plus, derrière la porte de son bureau, mais elle ne quittait pas ses pensées. Il avait presque eu une attaque en comprenant qui elle était. C'était la petite rousse qu'il avait vu au bar, avec son sourire aguicheur et ses courbes à faire damner un curé.

Bordel, il avait eu une gaule de tous les diables en la voyant. Qui n'aurait pas eu la même réaction ?

Mais lorsque son père l'avait présentée comme étant sa nouvelle assistante de direction, le monde de Smith avait été chamboulé. Il faisait tout pour garder sa vie privée loin de sa vie professionnelle, et ses efforts venaient d'être réduits à néant.

Il ne pouvait pas lui en vouloir d'avoir pris des risques. Il avait été là ce soir-là aussi, et avait autant de responsabilités qu'elle dans ce qu'il était arrivé.

C'était simplement que... depuis qu'il avait quitté l'armée l'an passé pour rentrer dans l'entreprise familiale, il jouait un jeu dangereux. Tous les privilèges avec lesquels il avait grandi lui avaient paru bien loin quand il avait fait l'armée. Retrouver un rôle du fils prodigue était compliqué, pour lui.

Sa manière de s'en sortir avait été de vivre une vie privée loin du bureau, et de ne jamais la lier à sa vie professionnelle.

Alors quand il avait quitté son appartement la veille sans dire un mot à Cameron, il avait secrètement espéré que c'était la dernière fois qu'il la verrait.

Mais quand il était arrivé au travail ce matin-là, et qu'il avait vu cette tignasse rousse sortir de l'ascenseur, il n'avait pas ressenti de l'excitation, mais de l'agacement.

Elle était restée immobile un instant en le voyant, le dévisageant d'un air déterminé. Puis il s'était avancé jusqu'à son bureau, ignorant les yeux bleu pâle rivés sur lui, mis en valeur par des taches de rousseur, et il avait nonchalamment jeté son manteau et son attaché-case dans ses bras.

— Je prendrai mon café dans mon bureau, lui jeta-t-il en passant devant elle. Je ne veux pas d'appel avant neuf heures.

Il avait claqué la porte, laissant derrière lui un visage à l'air ahuri. Il s'était alors posté devant la baie vitrée de son bureau et avait passé un moment à contempler la ville qui fourmillait d'activité à ses pieds.

— Bordel ! lâcha-t-il d'un ton exaspéré. Comment je suis censé gérer ça ?

L'horizon, coupé çà et là de gratte-ciels ne lui apporta aucune réponse. Il retourna à son bureau tout de chrome et de verre en soupirant. Son bureau était d'une taille non négligeable et avait coûté un prix exorbitant. Il se laissa tomber dans son siège, se massant les tempes du bout des doigts.

Smith avait beaucoup de responsabilités qui pesaient sur ses épaules. Il n'avait pas de temps à perdre au travail, et encore moins pour une distraction comme Cameron.

La porte s'ouvrit et Cameron entra avec un café. Elle portait une robe en dentelle jaune qui mettait en valeur chacun de ses mouvements. Il n'était que trop facile pour lui d'imaginer ce qu'elle portait sous cette robe. Probablement un petit tanga blanc.

Il secoua la tête pour se remettre les idées en place. C'était précisément ça, le problème. Il avait besoin d'être investi dans son travail, pas de fantasmer sur son assistante de direction.

— Je ne savais pas comment vous l'aimiez, dit-elle en posant le café sur le bureau. Je vous ai apporté de la crème et du sucre.

Elle tenait des doses individuelles de sucre en sachet et de crème dans la main.

— Noir, répondit-il simplement.

— D'accord. Vous avez une réunion à neuf heures et demie dans la salle de conférence à l'étage. Et une liste de gens à rappeler après ça, énuméra-t-elle d'un ton neutre.

— Bien, répondit-il en attrapant un stylo pour avoir l'air d'être en train de travailler. Ce sera tout pour l'instant.

— Parfait, lâcha-t-elle, incertaine. Je serai dehors si vous avez besoin de quoi que ce soit.

Elle tourna les talons et quitta son bureau. Smith dut prendre sur lui pour quitter son cul du regard.

La porte se ferma, et il soupira. Le fait était que, quand il l'avait vue à cette soirée, il avait été immédiatement attiré par son corps et son visage. Son cul, ses seins, ses jambes... tout était parfait, chez elle. Et son petit air angélique, avec ses cheveux roux, ne faisait que rajouter à son charme. La cerise sur le gâteau.

Et ce qu'elle savait faire avec son corps...

Il pouvait encore se l'imaginer sous lui, les cuisses écartées, la bouche ouverte, en réclamant d'en avoir plus. Bordel, qu'est-ce qu'elle était sexy.

Smith passa une main dans ses cheveux, conscient de l'érection qui s'emparait de lui. Il secoua à nouveau la tête et se tourna vers son ordinateur. Répondre à des mails restait dans ses compétences, même dans ces conditions.

Il se plongea dans son travail en sirotant son café. Il y avait plusieurs mails dans sa boîte à propos des dernières déclarations financières de l'entreprise. La plupart de ces mails lui signalaient qu'il y avait des erreurs dans les déclarations, mais qu'ils n'étaient pas sûrs de la nature de celles-ci.

Il avait l'impression d'avoir à peine effleuré la surface des e-mails importants de sa boîte lorsque Cameron toqua à la porte et entra à nouveau.

— Il est l'heure de votre réunion à l'étage, annonça-t-elle.

Smith émit un profond soupir, puis se leva.

— Allons-y.

— Je viens aussi ?

Il leva un sourcil à son attention.

— À moins que mes notes comptent s'écrire toutes seules ?

— Oh, bien entendu. Désolée, le temps de prendre mes affaires, dit-elle en perdant contenance.

Elle disparut un instant de l'entrée. Smith prit quelques minutes pour prendre son ordinateur portable et quelques papiers, puis se dirigea vers la porte.

Cameron lui emboîta le pas, mélangeant les feuilles qu'elle avait pu prendre, tenant son ordinateur portable contre elle. Il s'arrêta devant l'ascenseur, lui laissant un instant pour le rattraper. Il entra dans la cabine, son assistante sur ses talons.

Alors qu'ils montaient, il fit preuve de volonté pour ne pas trop inhaler l'odeur fraîche et envoûtante qu'elle embaumait. Mais son parfum, un savant mélange d'épices et de vanille, emplissait l'air. C'était trop pour lui.

À la seconde même à laquelle les portes s'ouvrirent, il sortit de l'ascenseur à grandes enjambées. Cameron eut du mal à suivre le rythme, ses talons ne lui facilitant pas la tâche.

— Smith ! l'appela son père, dès qu'il entra dans la salle de conférence. Une immense table de conférence trônait au centre de la pièce, autour de laquelle se tenait une demi-douzaine de gros bonnets de l'entreprise. C'est pas trop tôt.

Il serra la main de son père, gardant une expression impassible face à l'exubérance de son père.

— Me voilà, dit-il avec calme.

— Oui, je vois ça. Mettons-nous au travail maintenant, voulez-vous ? enchaîna promptement son père.

Ils attrapèrent des sièges et commencèrent à s'asseoir. Smith remarqua l'hésitation de Cameron, qui ne savait visiblement pas où prendre place. Il lui désigna un siège à côté du sien, en levant un sourcil.

Elle rougit et s'assit en vitesse, dépliant son ordinateur afin de prendre des notes.

— Smith, je voulais que tu sois présent pour que les comptables puissent avoir leur mot à dire. Ils ont l'air déterminés à s'agiter. Je leur ai promis que nous entendrions ce qu'ils ont à dire. Finissons-en au plus vite.

— Je vois, lâcha Smith en contemplant les visages inquiets tout autour de la table. Écoutons ça, alors.

Un des comptables s'éclaircit la gorge et se leva, s'apprêtant à s'adresser à la salle.

Smith jeta un coup d'œil à Cameron, qui martyrisait déjà son clavier. Elle fronçait les sourcils et avait l'air très concentrée, et il faillit en sourire, mais se ravisa à temps.

C'était précisément ce qu'il craignait. Il aurait dû s'inquiéter de ce que les comptables allaient lui dire au lieu de penser à *cette petite tête bien mignonne*.

Il regarda la table, sachant pertinemment qu'il ratait ce qui se disait, et cela le mit en colère.

Il entendit parler de l'état des différents comptes de l'entreprise, ce qui ne l'aida guère à trouver le sujet intéressant. Il ne pouvait pas s'empêcher de jeter des regards à Cameron, en repensant à toutes les choses défendues qu'ils avaient fait l'autre nuit.

Il se demandait si elle avait été si bonne que ça au lit, ou si la situation présente les emprisonnait tous deux dans une bulle d'ennui, rendant leur nuit ensemble bien plus magique qu'elle ne l'avait vraiment été.

En effet, si elle ne s'était pas tenue juste-là, sous son nez, il aurait oublié leur nuit en un instant. Mais il n'arrivait pas à se départir des bruits qu'elle avait fait, il continuait de l'entendre gémir dans sa tête, expirant doucement avant de crier de plaisir... Avant qu'il ne s'en rende compte, la réunion était terminée, et il aurait eu bien du mal à restituer ce qu'il s'y était dit. Il se prit à espérer que Cameron ait pris des notes efficaces. Ils retournèrent à son bureau sans échanger un mot, et il se remit au travail, appréciant avec gratitude cette distraction.

Après d'interminables appels de conférence, Smith se

massa les tempes, se remémorant précisément à quel point il était dans la merde.

C'est à ce moment que son intercom sonna, détournant son attention. Il appuya sur le bouton.

— Oui ?

— M. Calloway senior est en ligne. Dois-je vous le passer ? demanda Cameron.

Il relâcha le bouton une brève seconde, et soupira. Puis il l'enfonça de nouveau.

— Allez-y. Après un bref instant, le téléphone se mit à sonner. Il décrocha. Papa ?

— J'appelle juste pour savoir comment s'en sort ta nouvelle assistante de direction. C'est un beau petit bout, pas vrai ?

Smith serra les dents. Il était évident que son père aurait une opinion à propos de sa nouvelle assistante. Ses propres assistantes défilaient les unes après les autres parce qu'il ne pouvait pas s'empêcher de coucher avec.

— Elle se débrouille, répondit-il en gardant son calme.

— Et bien, tant mieux. Je me demandais si tu voulais que je te prête ma maison au bord du lac, pour le week-end. Emmène-la là-bas, et montre-lui les ficelles.

Smith aurait aimé que cet appel ne soit pas si prévisible, mais il ne savait que trop bien ce qu'il arriverait. Malheureusement, son père était un vrai pousse-au-crime, et il l'encourageait toujours sur cette voie. Il était une des nombreuses raisons pour lesquelles Smith séparait autant sa vie privée de sa vie professionnelle.

— Non, je ne pense pas en avoir besoin. Mlle Turner et moi sommes trop occupés pour avoir le temps de batifoler, je pense.

— Elle ne résiste pas à tes avances, si ?

— Je ne lui ai pas fait d'avances, dit-il. *Enfin, pas depuis qu'elle est ici.*

— Je peux la virer, si tu veux, reprit son père.

Smith hésita. Bien qu'il les ait prononcés pour la mauvaise raison, les mots de son père le touchaient. Il pouvait laisser son père s'occuper de Cameron, et il n'aurait plus jamais besoin de voir sa tête.

Mais il avait trop d'estime de lui-même pour se laisser aller à ce genre de pratiques.

— Non, c'est bon, elle fait du bon boulot, articula-t-il.

Même si je n'arrive pas à décrocher mes yeux de son cul quand elle sort de mon bureau, ou à m'empêcher de penser à ce qu'il y a sous sa jupe, pensa-t-il.

— C'est toi qui vois. Tant pis pour toi. J'ai des appels à passer, on en reparlera plus tard.

Son père raccrocha sans préambule. Il expira profondément et s'adossa dans sa chaise, incertain de ce qu'il devait faire.

4

Quelques jours plus tard, Cam remontait ses bas sous sa robe pour avoir l'être convenable, assise à son bureau. Elle feuilletait des documents financiers, les scannait et les envoyait à son éditrice, Erika. Mais pour l'instant, ses recherches étaient vaines. Et elle n'était pas encore habituée à porter de tels bas. Mais Erika s'en fichait.

Après avoir raconté à son éditrice quelques détails croustillants, à savoir qu'elle avait flirté avec Smith la veille de son embauche, elle s'était vue contrainte d'aller faire les boutiques.

Elle avait plein de robes convenables pour aller travailler, mais Erika avait insisté pour lui donner une bourse pour qu'elle puisse refaire sa garde-robe.

— Achète-toi des bas, et les jarretières qui vont avec. Et surtout, n'oublie pas les sous-vêtements. Les hommes raffolent des sous-vêtements assortis, avait-elle insisté.

Cam ne savait pas trop quoi répondre. Elle aurait dû rougir et pester sur le fait que Smith ne verrait *jamais* ses sous-vêtements, mais il les avait déjà vus. Elle n'était pas certaine de ce qu'elle pouvait révéler de sa nuit avec Smith et si elle pouvait confier à son éditrice qu'elle était rentrée avec lui. Elle prit donc sur elle, tint sa langue et laissa passer la remarque.

Elle était maintenant là, dans son bureau, à profiter de la vue splendide que lui offrait la ville en contrebas. Elle se demandait intérieurement si Smith avait remarqué sa lingerie récemment acquise. C'était une question stupide, si l'on prenait compte les efforts qu'il avait fait pour l'ignorer superbement ces derniers jours.

Cam jeta un œil à l'horloge de son ordinateur. Il était presque midi, Smith sortirait bientôt pour aller prendre son déjeuner, et il serait alors l'heure pour elle d'aller nettoyer son bureau.

Smith s'était révélé être obsédé par le rangement. Tous les jours, il jetait tout ce dont il n'avait plus besoin dans une poubelle, qu'il mettait soigneusement à côté de la porte. Le premier jour, elle n'avait pas prêté attention à ce détail, et il l'avait pris à part pour lui montrer qu'il fallait vider ces ordures dans un container, en bas des escaliers.

Il lui avait aussi montré le placard à balais, qui était caché derrière un panneau de chrome dans son bureau. Il renfermait une quantité incroyable de produits d'entretien, et chaque jour, à midi pile, elle devait passer l'aspirateur, faire la poussière, et faire reluire chaque détail dans son bureau.

Elle avait dû apprendre à faire ça vite, car la première fois qu'elle s'était attaquée à ce travail de ménage, cela lui avait pris sa pause-repas toute entière. Elle avait pris conscience de son erreur lorsqu'il était revenu, qu'il l'avait trouvée dans son bureau, et qu'il s'était mis à dicter une lettre en pensant qu'elle retranscrirait ses paroles en temps réel.

Son estomac avait gargouillé toute l'après-midi ce jour-là, jusqu'à trouver un moment pour s'éclipser discrètement et grignoter un bout de son panier-repas. Smith Calloway était un homme particulier, sans aucun doute.

Elle soupira. Elle prit son petit sac à main, fouilla un bref instant dedans et en sortit un collier. Ce collier avait un médaillon en or dont les gravures avaient été effacées à force d'être frottées. Elle caressa le médaillon, y cherchant du réconfort.

Le téléphone sur son bureau se mit à sonner. Elle décrocha.

— Allô ?

— Bonjour, ici le bureau de M. Calloway senior, lui dit une voix de femme plus âgée et nasillarde. M. Calloway désire vous voir dans son bureau, vous et son fils. Le plus tôt sera le mieux.

Cam porta instinctivement la main autour de son cou. Smith s'était-il plaint d'elle auprès de son père ? Cela faisait à peine une semaine qu'elle travaillait là.

— Entendu, répondit Cam d'une voix fluette.

— M. Calloway préférerait vous voir immédiatement. Est-ce possible ?

— Laissez- moi vérifier, dit Cam en mettant la femme au bout du fil en attente et son collier dans son sac.

Elle prit une profonde inspiration, expira, puis se dirigea vers la porte de Smith. Elle frappa, attendit l'invitation à entrer, et entra.

— Que voulez-vous ? demanda Smith sans lever le regard de l'écran de son ordinateur.

— Votre père veut nous voir dans son bureau, de préférence maintenant, dit-elle en essayant de ne pas laisser trembler sa voix. Elle n'avait rien fait de mal... pour l'instant.

— Nous ?

— Oui. Vous et moi.

Il garda une expression neutre, qu'elle avait appris à connaître malgré le peu de temps qu'elle avait passé avec lui.

— Entendu. Prévenez-les que nous sommes en route, dit-il rabattant l'écran de son ordinateur.

Cam acquiesça, se dépêchant de sortir pour mettre la secrétaire au courant. Lorsqu'elle raccrocha le combiné, Smith se tenait sur le pas de la porte, un masque impassible sur le visage.

Elle s'éclaircit la gorge.

— Savez-vous euh... de quoi il retourne ? demanda-t-elle.

Il lui lança un regard, ses yeux bleu nuit exprimaient une certaine curiosité.

—Je n'en ai aucune idée.

Elle déglutit et ravala les questions qui fusaient dans sa tête. Après tout, elle découvrirait bientôt ce que le grand patron avait à dire.

Smith demeura étrangement silencieux dans l'ascenseur menant au bureau de son père. Cam ne put s'empêcher de remarquer qu'il semblait tendu. Mais, du peu qu'elle avait pu en voir, Smith était toujours tendu lorsqu'il était question de son père.

Elle le laissa ouvrir la marche jusqu'au bureau de M.Calloway senior. Elle entra derrière lui et ses yeux s'écarquillèrent lorsqu'elle découvrit l'immensité de la pièce. La salle était au moins deux fois plus grande que celle où

Smith travaillait et le bureau en bois de chêne était entouré de fauteuils stylisés.

Spencer Calloway se leva pour les accueillir et fit un geste vers les fauteuils.

— Veuillez- vous asseoir, je vous prie.

Cam jeta un regard dans la direction de Smith, en s'asseyant. Il avait l'air extrêmement inquiet.

— Pourquoi sommes-nous ici ? demanda Smith, entrant dans le vif du sujet.

— Veuillez excuser mon fils, dit Spencer en s'adressant à Cam. Mais vous devez déjà avoir cerné son tempérament sanguin.

Smith dévisagea platement son père. Après un instant d'hésitation, Cam décida de prendre le parti de Smith.

— Il s'est toujours bien comporté avec moi, mentit-elle en affichant un grand sourire.

Spencer leva un sourcil un bref instant.

— Voyez-vous cela ? N'est-il pas agréable, Smith, d'entendre ton employée parler aussi bien de toi ?

Smith avait l'air de celui qui aurait préféré parler de tout sauf de ça. Il se passa une main dans les cheveux, un signe d'impatience croissante.

— C'est en effet plaisant. Maintenant, voudrais- tu bien nous donner la raison de notre présence ici ?

— Je souhaite te confier les rênes de notre branche européenne, lâcha platement le père de Smith.

Elle vit Smith se raidir dans son siège.

— Quoi ? Pourquoi ?

— Détends-toi. Je pensais me concentrer un moment sur notre branche aux États-Unis. Et pour vraiment me concentrer, j'ai besoin de ne plus m'occuper de l'Europe. Vois-ça comme une promotion.

— Je... merci, papa, répondit Smith.

— Il va de soi que tu devras voyager. À dire le vrai, j'espérais que vous partiriez dès demain pour notre siège de Paris. Cela permettrait de les rassurer, de montrer à nos employés de l'autre côté de l'océan que nous ne les oublions pas. Et puis, cela vous permettra de profiter de la vue, tant qu'à faire.

Cam en resta bouche-bée. Elle n'avait pas prévu d'aller à Paris, mais qui pouvait refuser une telle offre ?

Spencer lui adressa un clin d'œil, et Smith fit une mine renfrognée.

— Nous n'aurons pas le temps de faire du tourisme, grommela Smith.

— Oh, je suis sûr que si, vous verrez, dit Spencer en agitant nonchalamment la main, avant de se tourner vers Cameron. Vous voudriez y aller, n'est-ce pas ?

— Bien... Bien entendu, bafouilla-t-elle, les joues tournant au rose.

— Vous y êtes déjà allée ?

— Non, mais j'ai mon passeport, répondit-elle.

— Bien. Vous toucherez une fois et demie votre salaire pour ce voyage.

— Merci, M. Calloway.

Cameron sentit les yeux de Smith se poser sur elle, lui posant une question silencieuse, mais elle ne parvint pas à la comprendre. Spencer se renfonça dans son fauteuil, un rictus sur le visage.

— Bien, ce sera tout. Vous devriez rentrer tous les deux et préparer vos affaires.

— Encore merci, monsieur.

Après ces mots, elle se leva à la suite de Smith et ils quittèrent le bureau de Spencer.

Arrivés à l'ascenseur, il se pencha vers elle et commença à lui passer un savon discrètement.

— Rendez-nous service. Envoyez dès maintenant un mail à mon père, et expliquez-lui que vous êtes désolée mais que vous ne pouvez pas faire ce voyage.

— Comment ? Pourquoi ? murmura-t-elle.

— Vous n'avez pas les épaules pour un voyage d'affaires international, dit-il en entrant dans l'ascenseur. Nous y serons pour un moment, et nous aurons beaucoup moins d'espace qu'ici. Nous allons passer de longues heures à l'étroit.

— Et alors ?

Smith frappa d'un grand coup sur le bouton d'arrêt d'urgence de l'ascenseur et ce dernier eut un soubresaut avant de s'immobiliser.

— Et alors, je veux que ce voyage reste strictement professionnel.

— Êtes-vous en train d'insinuer que je ne me comporte pas de manière professionnelle ?

— Il n'y a rien de dérangeant à ce que tu te balades toute la journée dans ces foutus bas, lui dit-il en la clouant sur place sur regard. Et oui, je les ai remarqués, bien joué. Mais mon père me nomme à la tête de l'Europe, alors qu'il n'en avait jamais parlé avant. Je n'ai pas envie de le décevoir en passant mes journées à te reluquer plutôt qu'à travailler.

— La seule chose que j'entends c'est que travailler ensemble agit de manière négative sur votre travail, lâcha Cameron en fronçant les sourcils, tâchant de rester courtoise. Il ne s'est passé qu'une nuit. Juste une nuit. Je suis sûre que vous êtes capable de l'oublier.

Smith s'approcha plus encore, la dominant de toute sa

silhouette musclée. Elle se retrouvait bloquée dans un coin de la cage d'ascenseur.

— Évidemment que je peux l'oublier. J'ai seulement peur que toi, tu ne puisses pas l'oublier.

Cameron ne se laissa pas démonter et redressa le menton, déterminée à garder la tête haute. Elle ne pouvait pas se permettre de le laisser la dominer ainsi. Elle leva un doigt, prête à le réprimander.

— Ne vous en faites pas pour moi. Inquiétez-vous plutôt de vous-même.

Cameron ponctua ses propos en appuyant son index sur le torse de son interlocuteur.

Il lui attrapa la main et ce contact provoqua en elle une décharge électrique. Elle n'était pas sûre de ce qui provoquait cette réaction, mais il était clair que chaque fois qu'il la touchait, elle avait cette impression de recevoir un coup de jus.

Ils restèrent comme ça pendant une seconde qui sembla s'éterniser. Smith tenait sa main dans la sienne et Cam avait son air outré. Ils étaient si proches l'un de l'autre, il n'y avait pas plus de quelques centimètres qui les séparaient.

Cam vit Smith craquer en premier, son regard tombant doucement sur ses lèvres. Elle les lécha nerveusement, se demandant s'il allait se pencher et l'embrasser.

Il recula d'un pas et lâcha sa main en secouant la tête.

— Bon. Tu ne viendras pas pleurer quand les choses ne se passeront pas comme tu le voulais, dit-il en appuyant sur le bouton pour remettre l'ascenseur en marche.

— Et comment pensez-vous que je veuille voir les choses se passer ?

Il se renfrogna sur lui-même et ne répondit pas. Lorsque

les portes de l'ascenseur s'ouvrirent, elle descendit, mais il n'en fit rien.

— À demain, alors, dit-elle.

Il leva à peine un sourcil pour la saluer et appuya sur un bouton. Les portes se refermèrent sous les yeux de Cameron.

Elle se permit enfin de relâcher sa respiration. Elle devrait voyager à Paris avec cet homme froid, apparemment.

Elle se redressa et s'en alla récupérer ses affaires. Elle avait un voyage à préparer.

5

Smith prit place dans un siège à l'arrière du jet privé des Calloway et rumina, le regard perdu dans les nuages. Il se refusait le moindre regard en direction de Cameron, qui était occupée à l'ignorer superbement en lisant un guide sur Paris dans un siège dos au sens de la marche, à l'avant de l'avion.

Il était arrivé sur le tarmac en espérant qu'elle aurait réfléchi aux implications du voyage et qu'elle aurait changé d'avis. Mais lorsqu'il avait grimpé la rampe d'accès, il l'avait vue mettre *ses* affaires dans le compartiment à bagages.

Sa tenue ne changeait pas de celles qu'elle portait au bureau. Elle portait une robe bleue légère avec des motifs de petits triangles. Et, bien sûr, elle portait aussi ces bas affriolants attachés à de somptueuses jarretières, qu'il avait aperçus quand elle avait attrapé une couverture dans le compartiment au-dessus des sièges.

Il s'était installé dans l'avion sans piper mot. Il pouvait sentir les yeux de Cam glisser sur lui. Smith imaginait sans peine qu'elle devait le maudire intérieurement de porter un simple jean et un T-shirt bleu, alors qu'elle avait dû s'habiller correctement, et ce, même si personne ne lui avait dit de faire un effort de ce côté-là.

Maintenant qu'ils avaient décollé, il avait la tête dans les nuages et se demandait quoi faire d'elle. Ce n'était pas comme s'il était du genre à chercher à coucher avec ses secrétaires, habituellement. Mais celle-ci ne quittait pas ses pensées.

Le problème venait surtout du fait que, à chaque fois qu'elle ouvrait la bouche, il se souvenait du goût de sa peau, de ses gémissements quand il l'avait prise. Quand elle lui demandait s'il voulait un café, il se la représentait à quatre pattes, devant lui, son joli petit cul rebondissant à chaque coup de rein qu'il donnait.

Est-ce qu'il l'avait déjà prise comme ça ? Il appuya sa tête contre le hublot et ferma les yeux. Il était presque convaincu que cette image qui occupait ses pensées n'était que l'incarnation de son désir.

Et puis, bien sûr qu'elle avait eu raison, la veille. Quand elle lui avait dit que la seule raison pour laquelle il ne voulait pas faire ce voyage avec elle était parce qu'il n'arriverait pas à se concentrer. Enfin, pas sur son travail. Parce qu'il passerait son temps à penser aux manières qu'elle aurait de le faire jouir.

Elle avait au moins raison sur un point : il ne se comportait pas de manière juste.

Une hôtesse arriva et lui demanda s'il voulait boire quelque chose. Smith sourit et commanda un bourbon, sans glace. Elle rougit en prenant sa commande, se mordant les lèvres.

Visiblement, la petite hôtesse blonde le trouvait à son goût. D'habitude, il ne faisait pas attention au fait qu'il plaise aux femmes. Mais la manière qu'elle avait eue de se déhancher en partant ne laissait aucun doute quant au fait qu'elle craquait pour lui.

Il parcourut son corps du regard de haut en bas pendant qu'elle se dirigeait vers Cameron pour lui demander ce qu'elle voulait boire. C'est alors qu'une idée lui traversa l'esprit : il ne pouvait pas virer Cameron et garder sa bonne conscience, mais cela ne voulait pas dire qu'il n'avait pas d'autres moyens de l'évincer.

Et quel meilleur moyen pour ça que de flirter avec l'hôtesse ? Bien qu'il ne soit pas vraiment intéressé, cela aurait le mérite de mettre Cameron en colère. Si tout se déroulait comme prévu, il n'aurait plus qu'à faire comme avec toutes les autres filles, et attendre qu'elle parte en faisant de grands gestes avec ses bras.

Ce n'était pas la méthode la plus raffinée qu'il connaisse, mais c'était loin d'être la plus mauvaise.

L'hôtesse revint avec le bourbon en se déhanchant sensuellement.

Smith décida de mettre le paquet, et lui adressa un grand sourire quand elle lui tendit sa boisson.

Merci ma belle. Je ne me rappelle pas avoir demandé ton nom, tu es... ?

— Andréa, répondit-elle en virant au rouge pivoine.

— Andréa. T'a-t-on déjà dit que tu étais une hôtesse vraiment ... adorable ?

— Non, M. Calloway, bafouilla-t-elle en rougissant de plus belle.

— Je t'en prie, appelle-moi Smith. Veux-tu t'asseoir et m'accorder l'honneur de ta compagnie pour une minute ? lui demanda-t-il avec le regard qui faisait fondre toutes les femmes.

— Et bien... hésita-t-elle en se tournant vers la porte du cockpit. Juste une minute alors.

Smith vit que Cameron avait remarqué l'hôtesse. Elle venait de poser son livre et s'était mise à ruminer.

— Dis-moi, Andréa, est-ce que ton travail d'hôtesse te plaît ?

— Oh oui, c'est vraiment super ! Je peux aller n'importe où, lui répondit la petite blonde.

— N'est-ce pas ? murmura Smith en s'approchant. Donc, Paris n'a rien de grandiose pour toi ?

Andréa lui sourit.

— Et bien, je n'ai pas pu en faire le tour. J'essaie de profiter de chaque fois où j'y vais pour découvrir de nouveaux coins.

Smith remarqua qu'elle portait une montre au poignet et profita de ce prétexte pour lui caresser délicatement le poignet.

— Elle est magnifique. D'où vient-elle ?

— Je l'ai achetée à New York.

Elle se mordilla à nouveau les lèvres et laissa son regard errer jusqu'aux lèvres de Smith, ce qui le fit sourire. Son charme pouvait être pratique, quelquefois.

— Elle est exquise, dit-il en croisant son regard. Tout comme la femme qui la porte.

Elle ouvrit la bouche pour répondre, mais un des pilotes passa sa tête hors du cockpit et l'appela. Elle sursauta, comme si elle venait d'être surprise au lit avec quelqu'un.

—Je dois aller voir ce qu'il veut, lâcha-t-elle en guise d'excuses, avant de se précipiter vers l'avant de l'appareil.

Lorsque la porte se referma derrière elle, Cameron reprit la lecture de son guide touristique, mais son sourire n'échappa pas à Smith.

—Y a-t-il quelque chose d'amusant, Cameron ? demanda-t-il en s'affalant dans son siège.

— Comment ? Non, je ne vois pas de quoi vous voulez parler, dit-elle en essayant de cacher son sourire.

— Vous souriez, pourtant.

Elle regarda le livre dans ses mains, puis haussa les épaules.

— J'imagine qu'il est rassurant de voir que même des gens plein de charme peuvent se prendre une veste, de temps à autre.

— Vous me trouvez plein de charme ? l'aiguillonna-t-il.

Elle rougit, ferma son livre, et se leva.

— Vous savez, je crois que l'hôtesse a oublié de m'apporter ma commande.

Il la regarda s'éloigner dans le couloir. Elle revint quelques minutes plus tard, un verre à la main et des écouteurs aux oreilles. Avant qu'il n'ait eu le temps de prononcer le moindre mot, elle avait branché ses écouteurs à un Ipod et fermé les yeux.

Elle inclina son fauteuil, signifiant clairement à Smith que la conversation était terminée.

Il soupira, prit une gorgée de whisky et la contempla. Sa robe bleu clair était légèrement remontée sur l'une de ses cuisses, lui donnant un bel aperçu de sa peau couleur crème. Il n'aurait pas dû regarder, il n'aurait même pas dû remarquer ce carré de peau dévoilé, mais il ne pouvait pas s'en empêcher.

Le problème n'était pas tant qu'il se demandait ce qu'il y avait sous cette jupe, mais plutôt qu'il savait ce qu'elle cachait. Il savait ce qu'il ressentirait en soulevant cette jupe et en s'affairant entre ces deux superbes cuisses.

Bordel. L'idée même de sa petite chatte le faisait bander.

Et puis, pour en rajouter, il savait que c'était une vraie rousse, parce qu'il avait déjà vu ce qu'il y avait sous sa culotte.

Il se redressa dans son siège, se demandant si son père n'avait pas caché quelque chose dans ses propos. Il pouvait tout simplement la laisser succomber à ses désirs...

Son passé de militaire reprit le dessus et il sentit la honte l'envahir. S'il s'était engagé dans les parachutistes, c'était précisément pour se débarrasser de ce comportement de gosse de riche pourri-gâté.

Il redressa le dossier de son siège. Il avait besoin de se changer les idées.

Il se leva et prit son ordinateur portable. S'il se plongeait dans des rapports et des analyses financières, il n'aurait pas le temps de penser à Cameron.

Il secoua la tête et se mit au travail.

Quelques heures plus tard, il fut tiré de ses mails par une turbulence particulièrement violente. Son fil de pensées s'interrompit quand son ordinateur percuta le sol.

Il se massa les tempes, fatigué. Il remarqua que le siège de Cameron était vide, ce qui l'amusa : il ne l'avait pas vue se lever.

Il s'étira, ramassa son ordinateur, le reposa et fit signe à Andréa qu'il voulait boire quelque chose. C'est ce moment que choisit Cameron pour apparaître depuis la porte menant au petit coin. Elle allait s'asseoir dans son siège lorsque l'avion traversa une nouvelle turbulence.

— Cameron ! s'exclama-t-il alors qu'elle s'effondrait dans sa direction.

— Merde ! gémit-elle, au bord des larmes.

Elle atterrit à ses pieds. Ils sortirent de la turbulence et il l'aida à se remettre debout, mais dès qu'elle fut debout, l'avion se remit à trembler.

Ils s'écroulèrent lourdement, Smith sur son siège et Cameron sur les genoux de l'homme d'affaires. Il eut l'impression de ressentir une décharge électrique le parcourir, si tant est qu'une décharge puisse procurer du plaisir.

Toucher Cameron le chamboulait, mais dans le bon sens du terme. Les turbulences continuaient de secouer l'avion dans tous les sens, et la voix du commandant de bord se fit entendre dans les haut-parleurs.

— Nous nous excusons pour la gêne occasionnée, M. Calloway. Nous devrions sortir de la zone de turbulences dans quelques minutes. Veuillez néanmoins rester assis jusque-là. Ça va continuer à secouer.

Smith jeta un œil à Cameron et vit que la surprise marquait toujours ses traits. Il sourit.

— Et bien, je crois que vous allez devoir vous accrocher à moi.

Cameron riva son regard sur lui et ne dit rien pendant un moment. Les turbulences se firent de moins en moins violentes et il remarqua que la chair de poule qui parcourait la peau de la jeune femme disparaissait.

Ils étaient si proches l'un de l'autre et cette sensation de décharge qui les parcourait était si délicieuse que Cameron se mordit la lèvre en fixant les lèvres de Smith.

Avant qu'il ne puisse dire quoi que ce soit, leurs bouches s'étaient trouvées.

Elle l'embrassait avec une fougue nouvelle, sa langue jouait avec la sienne. Un goût de cannelle lui emplit la bouche. Il grogna en sentant son corps se raidir et passa les mains dans ses cheveux.

Les haut-parleurs crachèrent à nouveau, ce qui ramena à

eux-mêmes les deux jeunes gens. Cameron en profita pour mettre un peu de distance entre eux.

— Nous devrions être sortis des turbulences pour un bon moment, annonça le pilote.

Smith jeta un regard à Cameron.

— C'était de ça dont je voulais parler quand je disais que nous serions à l'étroit, dit-il en défroissant son T-shirt.

— Qu'est-ce que vous entendez par là ? demanda-t-elle en se rasseyant dans son propre siège.

Il haussa les épaules et reprit son ordinateur. Elle remit ses écouteurs et ferma les yeux, mais il voyait qu'elle fulminait et qu'elle avait les cheveux légèrement en bataille.

Bordel, qu'est-ce qu'elle était sexy quand elle était en colère.

Il passa le reste du vol à essayer de ne pas penser à ce qu'elle devait ressentir. Le poids de son corps sur le sien, la manière qu'elle avait eue de s'abandonner à lui et de l'embrasser.

Elle était là, assise, et elle ne le regardait pas, ce qui provoquait une exaspération incommensurable en lui. C'était comme si l'avion entier était rempli d'une tension palpable et qu'il n'avait aucun moyen de s'en échapper.

Lorsqu'ils atterrirent enfin à Paris, Smith émit un profond soupir de soulagement. Il était déjà descendu de l'avion lorsqu'il s'aperçut qu'il devrait encore partager le trajet en limousine avec elle.

— C'est pour nous ? demanda-t-elle en montrant la limousine du doigt alors qu'elle descendait les escaliers.

Il hocha la tête et se dirigea vers la limousine avant d'en ouvrir la porte.

Il monta, embarquant dans le mouvement la sacoche de son ordinateur portable et son porte-documents. Elle prit place de l'autre côté alors que le chauffeur chargeait leurs bagages dans le coffre. Smith ne parvenait pas à regarder Cameron en face, ne sachant pas comment il était censé se sentir.

Le chauffeur baissa la vitre de séparation et demanda en français :

— *Où-est-ce que je vous emmène ?*

— *Les Quatre Saisons, s'il vous plaît,* répondit Smith

Il remarqua que Cameron battit des paupières deux fois en l'entendant parler couramment français. Il sourit alors que la limousine se mettait en mouvement. Il y avait tellement de choses qu'elle ignorait de lui.

Ils découvrirent bientôt la Ville des Lumières, comme on l'appelle souvent. Le soleil commençait à se coucher et les restaurants à allumer leurs lumières. Ils passèrent devant quelques- uns des lieux les plus emblématiques de Paris, comme le Sacré-Cœur, le Moulin Rouge, ou encore l'Arc de Triomphe.

Le trajet à travers la ville fut simplement phénoménal.

Quel que soit l'endroit où les grands yeux émerveillés de Cameron se posent, elle voyait monts et merveilles. Smith savait que c'était la première fois qu'elle découvrait Paris, mais n'importe qui aurait pu le deviner en voyant sa réaction. C'était touchant, elle était comme une enfant émerveillée dans un parc d'attractions.

Lorsqu'ils arrivèrent à l'hôtel, Smith quitta la limousine et se dirigea vers le bâtiment en briques grises. Il entra dans un grand hall de marbre blanc, sur lequel se reflétaient les lustres somptueux accrochés au plafond. Une agréable odeur florale parfumait la pièce, décorée çà et là de bouquets de fleurs. Smith tourna la tête et découvrit deux belles parisiennes prêtes à l'aider, postées derrière un grand bureau de marbre.

— Comment puis-je vous aider ? lui demanda une belle brune avec un accent anglais.

— Nous avons deux réservations au nom de Calloway.

— Un moment, je vous prie.

Elle tapa quelques instants sur le clavier devant elle.

— Nous avons bel et bien une réservation à ce nom. Votre invitée et vous-mêmes êtes logés dans la suite royale.

Elle le dévisagea un instant, attendant visiblement une réaction. Il haussa les épaules.

— Non, nous sommes censés avoir deux chambres séparées, dit-il en sortant son portefeuille. Mon entreprise paiera les frais, voici.

Il fouilla un instant dans ses cartes et en sortit une American Express noire.

— Je vérifie à nouveau, un instant. Elle pianota un bref moment sur son clavier, et son attention revint sur lui. Je suis désolée, mais il semblerait que votre réservation ait subi des changements hier. Tout a été réglé à l'avance par un certain Spencer Calloway.

Smith réprima une grimace. Il fallait évidemment que son père se mêle de ce qui ne le regardait pas. Cela tombait sous le sens.

— Soit. Y-a-t-il au moins deux chambres ?

— Oui, monsieur. C'est la suite au bout du couloir. Je vais chercher un groom pour qu'il s'occupe de vous.

— Merci. Ce sont les clefs ?

— *Oui, monsieur.*

Il se retourna et découvrit Cameron en train de photographier une sculpture de ballerines qui dansaient. Il ne faisait aucun doute que c'était une véritable œuvre d'art, mais il n'avait pas le temps de s'arrêter pour l'admirer.

— Cameron, êtes-vous prête ? Notre suite nous attend, la taquina-t-il.

Il tourna les talons et emboîta le pas au groom qui les guida à travers une série de couloirs jusqu'à ce qu'ils atteignent la suite royale.

Il en ouvrit la porte et laissa un pourboire au groom tout en parcourant la suite du regard. Ils entrèrent dans un salon couleur crème parfaitement immaculé.

— Wow. Pincez-moi, je rêve, entendit-il dire Cameron.

Le salon donnait sur une salle à manger couverte de marbre et sur un élégant balcon en marbre avec des meubles noirs. De part et d'autre du salon se trouvaient deux chambres, avec leurs salles de bains respectives, chacune équipée d'un lit double énorme, drapé de beige.

Smith se tourna vers Cameron, pour plaisanter sur le ridicule d'un tel investissement. Mais elle était déjà dans une des chambres, occupée à défaire ses bagages. Elle lui jeta un regard et se redressa pour claquer la porte de la chambre.

6

Cam quitta ses talons et les envoya voler à travers la chambre d'un coup de pied. Cela faisait maintenant trois jours qu'ils étaient arrivés à Paris et elle n'avait pas encore pu aller voir le moindre monument. Elle ne s'était pas attendue à tirer au flanc ou à passer ses journées à faire du tourisme, mais elle avait été tellement occupée ces derniers jours qu'une bonne pause lui aurait fait le plus grand bien.

Durant les réunions au siège de Calloway Corp, elle se retrouvait souvent seule car apparemment, tout le monde sauf elle parlait français. Elle aurait dû s'y attendre, vu le pays. Elle avait toujours le nez dans son dictionnaire français-anglais à la recherche d'un mot qu'elle pourrait comprendre, alors que tout le monde s'était levé et avait déjà quitté la salle.

Elle soupira et se massa le cou, assise sur le lit somptueux qu'elle occupait. Son téléphone vibra, sans doute pour lui signaler qu'Erika cherchait une fois de plus à la joindre.

Elle avait bondit de joie en apprenant que Cam avait été envoyée en Europe, dans ce qu'elle appelait *la ville la plus romantique de tous les temps*. L'éditrice de Cameron lui avait enjoint de séduire Smith, car selon elle, les meilleurs informateurs étaient ceux qui ne se doutaient pas qu'ils révélaient des informations.

Cam soupçonnait Spencer Calloway de les avoir envoyés en France pour cette exacte raison et une partie d'elle était soulagée de n'avoir pas eu de temps à accorder à Smith.

Elle prit le collier posé sur sa table de chevet, en serrant avec soin le petit médaillon. Elle avait déjà dû changer la chaîne du pendentif trois fois, le médaillon était donc la dernière pièce d'origine du bijou.

Elle appuya sur les bords dorés du bijou, qui s'ouvrit doucement. Elle ne l'ouvrait plus que rarement car les deux photos qu'il contenait commençaient à s'effacer.

D'un côté, il y avait une photo d'elle, une jeune fille d'environ huit ans à la chevelure de feu et au grand sourire. De l'autre, une photo d'une jeune femme, elle aussi rousse. Elle portait un t-shirt violet, et sa mère la regardait avec une expression vaguement heureuse.

Cela lui faisait mal de l'admettre, mais la jeune femme sur la photo était probablement plus jeune qu'elle aujourd'hui.

Elle referma le pendentif et le mit de côté. Elle jeta un œil à sa montre. Il était quatre heures. Il n'y aurait plus de réunions pour la journée. Si elle voulait faire du tourisme, c'était le moment ou jamais.

Elle se leva et se dirigea vers son armoire. Elle enfila un jean, un t-shirt portant le logo d'un groupe et une veste. Un look à la fois simple et sophistiqué, digne de Paris.

Elle prit son sac et son petit guide touristique, se disant

qu'il serait bon de visiter l'Arc de Triomphe et la Tour Eiffel. Elle ne pourrait pas dire que ce voyage avait été un gâchis si elle voyait ces deux monuments !

Elle se dirigea vers le salon et se figea en voyant Smith sur le balcon. Elle alla le rejoindre, et aussitôt qu'elle eut passé la tête dehors, elle sentit cette attirance pour lui. Il était comme la première fois qu'elle l'avait vu, en jean et en t-shirt.

Elle ravala ses sentiments lorsqu'il se retourna pour lui faire face.

— Je vais voir l'Arc de Triomphe, dit-elle. Je ne pense pas être là de la soirée.

— Vraiment ? demanda-t-il en arquant un sourcil.

— Oui. Et j'irai voir la Tour Eiffel après.

— Mais tu ne parles pas français, fit-il remarquer.

— Arriverai-je à survivre dans une ville pleine de touristes ? répondit-elle d'un ton sarcastique, en s'apprêtant à partir.

—Attends, laisse-moi le temps de prendre mon manteau, lui dit-il en lui prenant le bras.

Elle devait avoir l'air surprise, car il éclata d'un rire franc.

— Quoi, je ne peux pas emmener mon assistante de direction voir les jolis coins de la ville ?

Elle se tut pendant une seconde et il en profita pour passer à côté d'elle et disparaître dans sa chambre. Lorsqu'il revint, il portait sa veste en cuir.

Il ressemblait vraiment à l'homme qu'elle avait rencontré la première fois. Un paquet d'images se chamboulèrent dans sa tête, des souvenirs de ce dont il avait l'air sans ses vêtements. La plupart des hommes ne gagnent pas à enlever leurs vêtements, mais Smith était une exception.

— Prête ?

— Oui, répondit-elle en rosissant à cause de ses pensées. Je vous suis.

Il la conduisit hors de l'hôtel. Elle remarqua qu'aucun des membres du personnel, qui pourtant pullulaient, ne leur adressa le moindre le regard. Les voituriers ne leur proposèrent même pas de sortir la limousine.

Elle regarda Smith. Elle supposa que la différence avec son look habituel était suffisante pour justifier le changement de traitement. C'était amusant de voir ce que ça lui apportait de quitter son costume Brioni. Il était splendide, alors qu'il avait l'air quelconque autrement.

Elle sourit intérieurement, secouant la tête alors qu'ils s'éloignaient de l'hôtel.

— Quoi ? demanda-t-il en sortant son téléphone et commandant un Uber.

— Non, c'est rien. Je me disais juste que personne n'avait remarqué que vous partiez de l'hôtel. C'était un peu comme si vous aviez enfilé un costume punk rock.

— Ne raconte mon secret à personne, lui dit-il en faisant un clin d'œil, ce qui provoqua un éclat de rire de la jeune fille.

—Vous êtes incorrigible.

— Je m'y efforce, répondit-il alors que l'Uber arrivait.

Elle leva les yeux au ciel et il lui ouvrit la portière pour la laisser grimper dans la voiture. Il la referma et monta de l'autre côté de la voiture, puis il donna leur destination au chauffeur.

—Tu as tellement de chance de savoir parler français, l'envia-t-elle.

— Je ne dirais pas qu'il s'agit de chance, répondit-il en regardant par la fenêtre. J'ai fait six mois de service au Sénégal, et six autres au Rwanda.

— De service ? répéta-t-elle, éberluée.

— Oui. Lieutenant Calloway du 11e régiment des parachutistes, à votre service.

Elle n'en croyait pas ses oreilles. Elle avait catalogué Smith comme un gosse de riche qui sortait dans des boîtes de nuit punk pour embêter ses parents. Mais maintenant qu'elle savait, cela prenait tout son sens. Il était obsédé par le rangement et tenait à ce que tout soit tenu propre. Ce côté-là devait lui venir de sa carrière militaire.

— Combien de temps as-tu été enrôlé ?

— J'ai passé 4 ans dans l'armée, dit-il en faisant la moue. J'y serais bien resté plus longtemps, mais...

— Mais ?

— L'appel du devoir, répondit-il avec un sourire sarcastique. Mon père a prétendu être sur le point de prendre sa retraite, et il fallait que quelqu'un s'occupe de Calloway Corp.

Il sourit, mais sans aucune trace d'humour cette fois-ci. Cam enregistra cette information. Pour la première fois, elle le voyait comme un être humain avec une vie en dehors de son travail.

Savait-il que de l'argent de son entreprise était détourné ? Pire, était-il complice de ce crime ?

Elle ne le pensait pas, mais il venait de prouver qu'elle ne savait rien de lui en tant qu'être humain. Elle lui jeta un regard discret, se demandant au fond d'elle-même si elle n'était pas en train d'œuvrer à le mettre en prison.

— Ah, nous y sommes, lâcha-t-il, avant d'ajouter quelques mots en français à l'attention du conducteur qui se rangea sur le côté.

Ils sortirent et Cameron fut émerveillée devant la grandeur de l'Arc de Triomphe. C'était une arche en ciment gris presque aussi large qu'elle était grande et qui mesurait plus de 45 mètres. L'arche était couverte de sculpture de soldats français, célébrant ainsi la révolution française et les guerres napoléoniennes. Du moins, c'était ce qu'en disait le petit guide touristique.

— Mon dieu, c'est énorme, dit-elle en s'en approchant.

— En effet. On se sent petits en comparaison, n'est-ce pas ?

Elle sourit, car son accent anglais était si prononcé qu'il pouvait s'en tirer avec de tels propos.

— Oui, vraiment petits.

Ils marchèrent jusqu'à se trouver sous le monument. Il y avait plein d'autres touristes, mais suffisamment peu pour que l'endroit ne soit pas bondé.

— Nous pourrions aller visiter un musée, ce soir, plutôt que d'aller à la tour Eiffel.

— Vraiment ?

— Oui, tu ne penses pas ? On peut voir la tour Eiffel en passant en voiture à côté, mais on ne peut pas visiter le Louvre sans y entrer.

— Ça me branche ! répondit-elle dans un sourire.

Cam resta émerveillée pendant près d'une demi-heure. Smith fit preuve d'une patience sans limites, hélant un taxi uniquement lorsqu'elle fut prête à partir. Lorsqu'ils montèrent, il donna au chauffeur une longue série d'instructions, puis hocha la tête vers elle.

— Il va nous conduire à la tour Eiffel.

Ils restèrent assis quelques minutes, occupés à contempler la ville qui défilait autour d'eux en silence.

— Ah, là, regarde ! dit Cameron en pointant du doigt un vieux bâtiment majestueux. Chaque bâtiment a l'air d'avoir sa propre histoire à raconter, soupira-t-elle.

— C'est le moins qu'on puisse dire, répondit Smith. Ces bâtiments ont tous une histoire plus longue que celle des États-Unis eux-mêmes.

— Oh, je vois la tour Eiffel !

— Elle est en train s'allumer parce que la nuit tombe.

Elle se rassit dans son siège, éblouie. La tour était tellement plus grande que ce qu'elle avait pu imaginer, et chaque poutre métallique avait ses ampoules décoratives. Ça rendait la tour encore plus belle que dans ses rêves les plus fous.

Ils passèrent à côté de la tour et Cameron se rendit compte qu'elle avait retenu son souffle tout ce temps. Elle expira lentement et se remit à regarder la ville défiler depuis la fenêtre du taxi.

— J'ai faim, dit-elle en plissant le nez.

— Moi aussi. Il y a quelques restaurants près du Louvre. Pourquoi ne pas remplir notre estomac avant d'aller faire le plein de la nourriture de l'âme ?

— Ça me paraît être une bonne idée, même si c'est dit bizarrement.

Il sourit et leurs regards se croisèrent. L'espace d'une seconde, elle pensa qu'il allait se pencher vers elle et l'embrasser, mais après un bref instant, il se tourna à nouveau vers la fenêtre. Son cœur avait quand même manqué quelques battements.

Smith s'adressa en français au conducteur qui les déposa devant un restaurant dont Cam ne comprit pas le nom.

Il s'agissait d'un café pittoresque, avec une terrasse.

— Il fait plutôt bon, tu veux manger dehors ?

— Bonne idée.

— Je vais aller commander à l'intérieur. Tu veux que

j'aille voir et que je te ramène un truc ? Comme ça, tu peux prendre ton temps pour t'installer.

— Faisons comme ça. Je vais m'asseoir à cette table, dit-elle en pointant du doigt un guéridon en fer.

Il entra dans le café et elle prit place à la table qu'elle avait désignée. Il revint quelques minutes plus tard, avec un plateau chargé de nourriture, qu'il posa sur la table.

— Attends, une seconde, dit-il avant de retourner à l'intérieur. Il revint avec une bouteille de champagne et deux coupes. Ta-daaa !

—Wow ! s'exclama-t-elle en se penchant pour examiner le plateau repas alors qu'il ouvrait la bouteille. C'est quoi tout ça ?

— Voyons voir, dit-il en remplissant les deux coupes. J'ai amené une baguette de pain et un plateau avec différents fromages. Je pense que celui- ci doit être du brie, et celui-là, du brebis. On a aussi de la confiture et du beurre. Je leur ai demandé de me rajouter des fondants au chocolat pour le sucré.

— Incroyable, et tu as pris du champagne avec ça ?

— Je n'ai jamais dit que j'étais un patron morose et déprimant, dit il en s'asseyant, puis il leva sa flûte. *Santé !*

— Santé ! répondit-elle en faisant tinter son verre contre le sien.

Ils burent une gorgée. Cameron éclata d'un rire franc lorsqu'elle eut goûté le champagne et que les fines bulles lui chatouillèrent le palais.

— Bon appétit, dit-il en prenant un morceau de pain et en commençant.

— Bon appétit, lui fit-elle écho.

Elle mit de la confiture et du brie sur sa baguette. Elle en prit ensuite une grande bouchée et gémit de plaisir.

— Oh mon dieu, s'exclama-t-elle entre deux bouchées. C'est si bon ! C'est normal qu'un fromage soit aussi crémeux ?

— Tu devrais essayer le beurre, lui dit-il en le lui tendant.

— Tu essaies de me faire grossir, c'est ça ? demanda-t-elle avant de pouffer de rire.

— Je ne te force pas, je t'ai juste proposé du beurre, dit-il en la détaillant du regard. Et puis, quelques kilos en plus ne te feraient pas de mal.

— De quoi ? Je suis ton assistante de direction, tu es censé m'encourager à perdre du poids et pas l'inverse. Ça te donne l'air d'avoir plus de pouvoir et d'autorité.

— Vraiment ? demanda-t-il en perdant contenance.

— Il me semble bien.

— Mhhhhhh... Sans commentaire.

Elle reprit une gorgée de champagne et le regarda. Voir Smith à l'aise et souriant détonnait avec le fait qu'il ait dragué l'hôtesse de l'air et qu'il lui ait reproché son manque de professionnalisme quand elle l'avait embrassé. Et, par-dessus tout, il l'avait superbement ignorée depuis leur arrivée, et il la faisait travailler du lever au coucher du soleil.

— Ça a été un enfer de travailler pour toi cette semaine, dit-elle en se coupant un nouveau morceau de pain.

Il mâcha plus lentement, avala, puis acquiesça.

— Je sais. J'ai été un vrai pourri, cette semaine.

Il conclut sa phrase avec une nouvelle bouchée, sans la quitter du regard.

— Est-ce que c'est à cause de ton père ? demanda Cameron en penchant la tête. Il a l'air de penser que nous pousser l'un vers l'autre est une bonne idée, ajouta-t-elle.

— Je pense que ça joue, répondit-il en déglutissant

lentement. Je pense que c'est une bonne chose de t'avoir dans les parages.

Elle joua un instant avec sa flûte, son visage redevenant neutre.

— Parce qu'on a passé une nuit ensemble ?

— Parce que... s'interrompit-il un instant pour reprendre le fil de ses pensées. Parce que j'ai grandi dans cet environnement de gosse de riche, où je n'avais qu'à claquer des doigts pour avoir ce que je voulais. Puis j'ai quitté cette bulle, ce petit monde, pour devenir militaire, et pour connaître le revers de la médaille. Là-bas, j'y ai appris exactement le contraire de ce que j'avais vécu jusque-là. La privation. Mon père m'a joué un tour pour que je quitte le corps des paras. Du coup, je fais le travail pour lequel on me paie, en essayant de me tenir aussi loin que possible des pièges que mon père me tend. Je ne veux pas de la vie facile qu'il pense que je devrais avoir.

Il prit une longue inspiration, puis regarda Cameron dans les yeux.

— Et j'ai bien peur que tu ne fasses partie de ces pièges.

Elle se renfonça dans son siège, prise de court par cette révélation qui lui venait droit du cœur.

— Oh... Je... Oh.

— Je suis désolé de m'être comporté comme un tyran cette semaine.

Il avait l'air désespéré.

— C'est rien, c'est oublié, le rassura-t-elle. Essaie juste d'être un peu plus sympa avec moi, à partir de maintenant.

Smith hocha la tête pour montrer son accord. Elle se sentit envahie par un moment d'inspiration.

— Dis ? Ça te dirait qu'on reparte du bon pied, toi et

moi ? Je veux dire, que l'on recommence à zéro, comme si l'on venait de se rencontrer.

— Euh, ouais ? dit-il, avec un demi-sourire.

— Super. Bon, voilà. Salut, moi c'est Cameron, mais mes amis m'appellent Cam. Je viens du Massachusetts. Ce que j'aime dans la vie ? J'aime la musique punk et travailler pour rendre mon petit loft un peu plus habitable.

Il tendit une main. Elle la saisit et ils échangèrent une poignée de main. Elle sentit, une fois encore, une décharge d'énergie la parcourir au contact de la peau de Smith, mais elle décida de l'ignorer.

— Salut. Moi, c'est Smith. J'ai grandi à Londres. J'ai été militaire pendant un temps, mais je ne le suis plus. J'aime bien le punk-rock aussi.

Elle sourit, leur poignée de main s'étendant une seconde de plus, puis elle retira sa main.

— Et voilà. Tout ce qu'il y a de plus formel.

Il sourit, et ses cheveux sombres lui tombèrent devant les yeux. Elle n'allait pas tomber en pâmoison pour si peu, cependant. Elle se redressa d'un bond.

— Allons-y. Embarque la bouteille de champagne. On peut boire tout en marchant, non ?

Il lui obéit et prit la bouteille de champagne. Durant ce temps, elle remit toute la nourriture sur le plateau, et embarqua les flûtes.

—Prêt ?

— Bien sûr !

— De quel côté doit-on aller pour voir cette fameuse pyramide de verre dont on parle à chaque fois qu'on mentionne le Louvre ?

Smith montra une direction du doigt qu'elle se mit à suivre en marchant lentement.

Ils parlèrent peu, profitant de la vue et de la bouteille de champagne. Cette dernière ne fit cependant pas long feu, et au bout de quelques pâtés de maison, elle était vide.

— Oh, et bien... tant pis... se lamenta Cam en jetant la bouteille dans la première poubelle qu'elle vit.

Cam se tourna vers Smith pour lui poser une question. Smith la prit de court en glissant une main dans ses cheveux et en l'embrassant avec fougue. Elle fut tout d'abord choquée, sa main se cognant contre le torse puissant du jeune homme. Mais ses lèvres étaient si fermes et chaudes contre les siennes qu'elle se laissa enivrer par son odeur et céda.

Elle attrapa le revers de sa veste et le tira contre elle. Ses seins frottèrent contre son torse. Il empoigna ses cheveux et elle laissa échapper un halètement, avant de l'embrasser plus passionnément encore.

Elle savait qu'elle ne devrait pas faire ça, mais une part d'elle-même lui chuchotait :

— Et alors ? Sois coquine, pour une fois dans ta vie.

Après un moment, il mit un terme à leur baiser, et appuya son front contre celui de Cam.

— J'aurais tellement voulu qu'on ne soit qu'à deux pas de l'hôtel... J'aurais tellement voulu que ce ne soit pas si...

Il s'interrompit et secoua la tête, ce qui arracha un sourire à la jeune femme.

— Que ce ne soit pas si malsain ? suggéra-t-elle. C'est généralement comme ça qu'on parle d'une relation entre un patron et son employée.

Il éclata d'un rire franc et prit un pas de recul.

— C'est une manière de voir les choses.

Elle le regarda un bref instant, planté là, dans la rue, si grand et si beau. Il avait dit que son père l'avait choisie, qu'il piégeait son fils grâce à elle. Elle ne voulait pas être l'appât qui le conduirait à sa perte.

— Et bien, tu n'étais pas censé m'emmener voir de l'art ?

— Je crois bien que si, répondit-il en souriant à nouveau.

Il se dirigea vers le Louvre, Cameron était à ses côtés.

7
―――――

Smith ne savait plus où il en était.

Il jeta un regard sur son verre de whisky, et fit tourner le liquide ambré contre le lourd verre en cristal en soupirant. Il ne parvenait pas à détacher ses pensées de Cameron.

Il renifla, puis porta à nouveau le verre à ses lèvres. Il n'avait plus l'impression d'être capable de faire autre chose que de penser à elle.

Après l'avoir embrassée, qui plus est sur le pont des Arts, Cameron avait fait comme si ce moment n'avait jamais existé. Elle avait passé le reste de la soirée à profiter des vues qu'offrait Paris en tant que collègue de travail et rien de plus.

C'est ce que tu voulais, bordel de merde. Alors où est le problème ?

— Mais putain ! grogna Smith. Il appuya l'arrière de sa tête contre le dossier en cuir de son fauteuil et ferma les yeux.

Cameron et lui venaient de revenir du voyage d'affaires de Paris. Après avoir expédié la tâche pour laquelle ils avaient été envoyés sur Paris, ils avaient profité d'une soirée à faire du tourisme. Puis, ils avaient fait leurs valises et étaient rentrés aux États-Unis. Après un trajet en avion d'une banalité sans nom, ils s'étaient séparés sur le tarmac et Smith déprimait maintenant seul chez lui.

Leurs relations avaient été formelles depuis ce baiser impromptu à Paris, et Smith avait été surpris de découvrir qu'il appréciait la compagnie de Cameron pour d'autres raisons que ses formidables performances au lit.

De son côté, Cameron avait l'air de ressentir la même chose pour lui. Elle lui parlait et ils plaisantaient ensemble bien plus aisément qu'avant, ce qui permettait de le soulager d'une part de la pression et de la mondanité de son travail. Sa simple présence rendait sa vie plus facile. Il avait l'impression que d'une façon ou d'une autre, malgré leur histoire houleuse, ils étaient devenus... amis.

Ce qui était... ridicule. Smith avait des amis, il avait des petites amies, mais il n'avait pas d'amies tout court. Il trouvait que ce qu'impliquait leur nouvelle relation était bien plus frustrant qu'auparavant. Il ne savait juste pas quoi faire pour y remédier.

Intelligente comme elle l'était, Cameron avait dû ressentir la passion de leur baiser sur le pont, et elle avait dû faire le lien tacite entre leur relation et le père de Smith qui se mêlait de ce qui ne le regardait pas. C'était elle qui avait mis une distance entre eux, c'était elle qui avait pris la décision qu'il aurait dû prendre, et cette idée le troublait autant qu'elle le soulageait. Cette femme faisait ce qu'il fallait pour garder sa vie privée et sa vie professionnelle séparées, et Smith n'arrivait pas à comprendre pourquoi. Il avait l'impression que ça le rendait fou.

Il ouvrit soudainement les yeux, comme si une idée

venait de lui passer par la tête. Il se leva, vida d'une traite son verre de scotch et sortit son téléphone de sa poche.

Il avait besoin d'une distraction. Il avait besoin de détourner son attention de cette tentatrice aux cheveux de feu qui chamboulait sa vie, et il en avait besoin maintenant.

Smith fouilla dans sa liste de contacts, appuya sur le numéro de son ami Jake et se dirigea vers sa chambre pour se changer.

Jake décrocha au troisième bip.

— Smith, vieux frère, qu'est-ce que tu deviens ? Ça fait une paye !

Jake criait dans le téléphone pour se faire entendre par-dessus la musique de la boîte de nuit.

Smith prit ça pour un bon signe.

— J'ai envie de m'amuser un peu ce soir, dit-il en enfilant une paire de bottes noires. Tu sais où je peux aller pour ça ?

— Bah ouais, ramène-toi au Neuvième Cercle. Je viens d'arriver, et je dois t'avouer que c'est bondé de jolies minettes ce soir.

— Parfait, répondit Smith en vérifiant sa coiffure dans le miroir. Je serai là dans trente minutes.

Smith raccrocha, se tournant vers le lit pour attraper sa veste en cuir qu'il avait jetée là en rentrant. Il l'enfila prestement et se dirigea vers l'ascenseur, prêt à faire tout ce qu'il faudrait pour ne plus penser à Cameron.

— J'adore ton accent, lui murmura la jolie brune assise sur ses genoux, son souffle chaud lui glissant dans le cou. C'est tellement sexy... ronronna-t-elle en traçant une ligne rouge avec son ongle contre son cou.

Ce contact fit frissonner Smith, et probablement pas de la manière dont la jeune femme l'aurait voulu. Il leva les mains et prit celles de la belle brune dans les siennes, incapable de la laisser le toucher plus longtemps, mais incapable aussi de se comporter comme le dernier des salauds en lui mettant un râteau en public.

— Et si j'allais nous chercher un autre verre ? murmura-t-il en profitant de ce prétexte pour s'extirper de sous la jeune femme.

Il relâcha sa main, et regarda la jeune inconnue seule dans le box qu'il venait de quitter. Elle leva des yeux noirs pleins de promesses interdites vers lui et esquissa un sourire plein de luxure.

Elle acquiesça, détaillant le corps de Smith de haut en bas avec un regard appréciateur. Elle ne laissait aucune place à l'imagination quant à ses intentions à son retour.

— Dépêche-toi, dit-elle d'un ton lancinant, en se penchant juste ce qu'il fallait pour qu'il puisse apercevoir son impressionnante poitrine dans son décolleté en soie.

Smith résista à la tentation de lever les yeux au ciel devant cette tentative plus qu'évidente de le faire revenir dans ses filets. Il se tourna sans dire un mot et se dirigea vers le bar à l'entrée de la boîte.

Smith était allé au Neuvième Cercle un nombre incalculable de fois, mais cette fois-ci lui semblait différente. L'amas de corps plein de désirs sur la piste de danse et les conversations imbibées n'avaient pas leur attrait habituel. La senteur âcre de la sueur, du sexe et de l'alcool renversé emplissait l'air et démangeait son nez.

Est-ce que cette boîte avait toujours paru si désespérée ? Ou Smith avait-il été trop saoul pour apprécier cette ambiance ?

Il s'accouda au comptoir, prêt à héler le barman pour commander un autre verre quand son regard se posa sur des cheveux roux, à quelques pas de lui.

Smith sentit un mélange de surprise et d'excitation emplir son cœur.

Ça ne peut pas être Cam, si ? Quelles sont les chances pour que ça arrive ?

Il était sur le point de s'approcher lorsque la femme se retourna vers lui.

— Monsieur, que voulez-vous boire ?

Smith était légèrement conscient que le barman s'adressait à lui, mais il était trop désœuvré par le fait que la rousse ne soit pas Cameron pour s'en soucier.

Est-ce que je voulais que ce soit elle ? N'était-elle pas la raison pour laquelle j'ai bu autant à la base ? Ne voulais-je pas l'oublier ?

Bon dieu, qu'est-ce qui ne va pas chez moi ?

— Monsieur ?

— Il va prendre un Quatre Cavaliers, et un deuxième pour moi, répondit une voix masculine. Veuillez excuser mon ami, il est aisément distrait par les jolies choses.

Une main s'abattit lourdement sur son épaule, forçant Smith à détourner son regard de la jolie rousse. Il se tourna vers son ami Jake et un barman au visage passablement agacé. Le barman leva les yeux au ciel et s'en alla préparer les cocktails, alors que Jake riait de sa propre blague.

— Je ne t'avais jamais vu reluquer une fille de loin, sans l'aborder, depuis l'autre bout d'un bar, le taquina Jake alors que le barman leur apportait leur boisson. Jake leva son verre, prit une gorgée et en profita pour jeter un œil à la femme qui avait capté l'attention de Smith.

— Tu craques sur les rousses, maintenant ?

Smith se défit du bras de Jake et prit son propre verre.

— Va te faire, grogna-t-il en prenant une gorgée.

Jake rit, et leva les mains dans un geste d'apaisement.

— Détends-toi mec, je rigolais. Son expression se fit un

peu plus neutre quand il croisa les bras. Il s'appuya contre le bar et leva un sourcil vers Smith.

— Qu'est-ce qui t'a mis de si mauvaise humeur ? Quand je t'ai laissé tout à l'heure, tu avais une bombe qui te collait comme un pain de C4. Elle t'a planté là ou quoi ?

— Non, j'ai juste réfléchi à un truc... répondit-il en suivant les stries dans le bois du bar du regard.

— Ouais, je me suis dit qu'il y avait un truc qui allait pas quand j'ai reçu ton coup de fil. Mais d'habitude, quand j'essaie de me changer les idées, une jolie fille dingue de moi, c'est un bon remède.

Smith ne pouvait pas dire à Jake que ce « truc » qu'il voulait oublier était une employée avec laquelle il avait couché. Et surtout, il ne pouvait pas lui dire qu'elle l'obsédait tellement qu'il voyait son visage partout.

Il se contenta de hausser les épaules et de vider son verre.

— Je ne sais pas, Jake. Je pense que je vais juste rentrer chez moi.

— Allez, tu peux pas me faire ça ! La nuit ne fait que commencer, protesta Jake en saisissant Smith par l'épaule. On a encore beaucoup de temps pour te faire oublier ce qui te tracasse.

Smith sortit son téléphone et jeta un coup d'œil à l'heure. Jake avait raison, il n'était même pas encore minuit.

Mais plus il buvait ce soir-là, plus ses pensées s'assombrissaient. Saoul ou sobre, il n'arrêtait pas de penser à Cameron. Il avait l'impression d'être une espèce de masochiste qui aimait se torturer avec des choses qu'il n'aurait jamais.

Mais qui disait qu'elle ne serait jamais sienne ? C'est ta putain de règle, débile. Et si tu l'enfreignais ?

Smith pensa aux conséquences de cette éventualité, et une myriade d'images de Cameron nue envahit son esprit alors qu'il jouait distraitement avec son verre vide sur le bar.

Et si, effectivement ?

— Hé ho, Smith ? demanda Jake en le secouant légèrement. Mec, tu m'écoutes ?

Smith secoua la tête et reprit ses esprits. Apparemment, Jake lui parlait depuis qu'il avait décidé de peser le pour et le contre de coucher avec son assistante de direction.

Peu importait, il était largement temps qu'il s'en aille, de toute manière.

— Ouais, écoute. Je vais y aller et rentrer chez moi.

Il recula d'un pas pour se débarrasser de la poigne de Jake. Il laissa quelques billets sur le comptoir pour payer leur consommation et se tourna pour partir.

— On se voit plus tard.

Jake soupira et secoua la tête, déçu. Smith était déjà à mi-chemin de la sortie.

Smith arriva dans la rue, où se détendaient des clients de la boîte en fumant une cigarette ou en discutant. Il sortit son téléphone pour appeler un Uber, avant de se raviser et de le remettre dans sa poche. Il glissa les mains dans ses poches et regarda autour de lui, pensif.

L'appartement de Cameron n'était qu'à trois pâtés de maisons de là où il se trouvait, si ses souvenirs étaient exacts. Il pourrait très bien y aller...

Mais pour quoi faire ? Frapper à sa porte au beau milieu de la nuit, ivre et en dehors des heures de travail ? Lui demander où est-ce qu'ils en étaient précisément dans leur relation ?

Ou peut-être avait-il besoin de savoir si Cameron avait autant envie que lui de réitérer leur petite nuit.

Pour une raison ou une autre, il traversa la rue et se dirigea en direction de l'appartement de Cameron.

Il se situait dans un quartier qu'il rechignait à appeler malfamé, mais qui était vraiment délabré. Il n'aimait vraiment pas imaginer qu'elle marchait seule dans la rue, tard le soir. Cameron ne devrait pas habiter là.

Tout bon employeur serait inquiet de la sécurité de son personnel en dehors du travail, se rassura Smith. *Ce n'est pas parce qu'il s'agit de Cameron que tu te dis ça.*

Smith marcha une quinzaine de minutes avant de tomber sur des entrepôts qui lui semblèrent familiers. Il reconnut celui qui abritait l'appartement de Cameron, trois bâtiments plus loin. Il hésita et décida de s'arrêter.

Mais qu'est-ce que je branle ici, moi ? Smith était atterré par son comportement. *Je ne peux pas faire ça, il n'y aurait qu'un dégénéré mental pour faire ça.*

Mais je suis là. Ça peut pas faire de mal d'aller voir si elle est réveillée, juste un coucou, quoi.

Smith ne saurait jamais la décision qu'il aurait prise, car c'est à ce moment-là qu'une voiture se gara à côté de chez Cameron.

Un homme en descendit et alla frapper à la porte.

Smith se précipita dans les ombres en s'éloignant du lampadaire le plus proche. Il se mit à observer, et sa curiosité se transforma en une colère sourde et intense quand il vit Cameron accueillir l'homme en l'*embrassant*.

Smith se détourna de ce spectacle. Il commença à marcher dans la direction opposée, ne sachant plus où aller ni que faire. La seule chose qu'il savait à ce moment-là, c'était qu'il avait besoin de mettre autant de distance que possible entre elle et lui.

Smith tourna à un carrefour et s'arrêta pour reprendre

son souffle en s'appuyant contre un mur. Il pouvait sentir son sang pulser jusque dans ses oreilles. Il décida donc de fermer les yeux et prit une grande inspiration pour résister à la tentation de donner un coup de poing dans le mur en briques derrière lui.

Cameron avait un *putain de petit copain*. Et Smith avait été un bel abruti de ne pas s'en apercevoir jusqu'à maintenant.

Malgré sa colère, Smith fut surpris de constater qu'il était jaloux. Mais il était plus surpris encore de constater qu'il se sentait *trahi* par cette révélation. Il s'était cassé la tête à essayer de comprendre la nature de leur relation ces deux dernières semaines pour finalement apprendre qu'elle était en couple.

Même si elle n'avait couché qu'avec un mec qu'elle avait rencontré en boîte, elle avait tout de même flirté avec lui, et lui avait rendu son baiser quand il l'avait embrassée sur le pont.

Merde, elle l'avait embrassé *en premier* quand elle était tombée dans ses bras, dans l'avion pour Paris.

Smith secoua violemment la tête et sortit son téléphone pour appeler un Uber.

Peu importe la nature de leur relation pendant les semaines passées, c'était fini. C'était vraiment fini.

8

Cameron ferma la porte de l'armoire et quitta les archives, se dirigeant vers son bureau. Elle s'assit dans sa chaise et se demanda ce qu'elle devrait faire par la suite. Elle tourna sa chaise vers la baie vitrée, laissant son regard errer sur la ville en contrebas.

Le soleil se couchait. Cela lui rappela son voyage à Paris, et à quel point le crépuscule avait été un moment magique grâce aux lumières de la ville qui s'allumaient une à une.

Elle soupira et tourna le dos à cette magnifique vue. Cela ne servait à rien de penser à ce qui aurait pu se passer à ce moment-là.

Son téléphone vibra sur son bureau. Elle entra son code et lut le nouveau message.

Notre informateur chez Calloway Corp nous dit que tout détournement de fonds doit venir des 3 ou 4 gros bonnets. Concentre-toi sur les deux Calloway.

E

CAMERON FRISSONNA. Elle savait que le Daily News avait plusieurs taupes dans l'entreprise, mais elle n'avait aucune idée de qui pouvaient bien être ces sources. Et elle n'avait pas non plus la moindre idée de qui pouvait bien détourner ces fonds.

Est-ce que Smith pouvait faire ça ? Est-ce que son père le ferait ? Smith avait toujours eu l'air à l'aise, financièrement parlant. Et il était plutôt honnête quant à ses problèmes.

Spencer Calloway faisait un suspect plus plausible, mais il avait encore moins de raisons de détourner de l'argent. Si on pouvait dire de Smith qu'il était à l'aise financièrement parlant, son père lui, vivait la belle vie.

Cameron effaça le message d'Erika. Elle aurait aimé pouvoir apporter des réponses à sa patronne. Smith avait passé la semaine à être distant avec elle, ce qui impliquait que tout son temps libre était consacré à fouiller dans les comptes de l'entreprise.

Toutes ses recherches avaient été grandement simplifiées par le fait que l'entreprise faisait elle-même la vérification de ses comptes. Il y avait des piles, voire des montagnes de documents contenant des détails sensibles sur leurs finances.

Elle empruntait discrètement trois ou quatre dossiers à la fois et les rapportait chez elle pour les étudier. Elle avait épluché suffisamment de dossiers pour être rassurée sur un point : le Daily News avait raison. Il y avait bel et bien anguille sous roche.

Quelqu'un faisait effectivement bien plus que de petites erreurs de comptabilité. Quelqu'un leur *volait* de l'argent. Il volait suffisamment d'argent pour que cela se remarque, mais était assez intelligent pour éliminer les preuves. Il n'y avait rien de plus frustrant pour Cam.

Elle pianota sur son bureau, se demandant quelle approche elle devrait tenter. Si elle ne trouvait rien dans les deux dossiers suivants, quel serait son prochain plan ?

Elle leva le regard quand Smith sortit de son bureau, vêtu d'un splendide costume. Il devait aller à une levée de fonds, plus tard dans la soirée. Il avait l'air agacé, ce qui n'augurait rien de bon pour elle.

— Où sont les contrats que nous avons conclus à Paris ? exigea-t-il.

— Voyons voir, dit-elle en se levant pour fouiller dans une pile de papiers au coin de son bureau. Ceux-ci ?

Elle tendit la main contenant les papiers. Il les arracha de sa main et les parcourut un instant.

— Et le reste ? C'est à peine la moitié de la paperasse.

— Quoi ? Un instant, laissez-moi voir...

Il lui jeta les papiers au visage d'un geste empreint de dégoût.

— Peut-être que si vous n'étiez pas si occupée avec votre petit ami, vous auriez plus de temps à consacrer à votre travail, histoire de le faire correctement. Je veux ces contrats sur mon bureau avant midi.

Elle en resta bouche-bée. Un petit ami ? De quoi pouvait-il bien parler ?

Smith tourna les talons et retourna dans son bureau en claquant la porte. Elle resta pétrifiée un instant, se demandant de quoi il pouvait bien parler. Elle secoua la tête, hagarde.

Elle se redressa alors et regarda la porte fermée. Mais elle n'était pas obligée de rester sans réponse. Après tout, c'était lui qui avait orienté la conversation sur une potentielle partie de sa vie privée. Elle avait bien droit de poser quelques questions, non ?

Cam se leva et ouvrit la porte, déterminée. Il leva le regard de son bureau, les traits toujours marqués par la colère.

— Je dois passer un appel, dit-il. Je peux ?

— En fait... je voudrais savoir pourquoi vous êtes si agressif, demanda-t-elle après avoir fermé la porte.

— Je ne suis pas agressif.

— Vous êtes agressif. En plus de ça, vous mêlez des détails de ma vie privée, qui, au passage ne sont pas vrais, pour me mettre en colère. Je n'ai même pas de petit ami. Alors, quel est le problème ?

Smith eut l'air plus en colère encore, mais il ne répondit pas. Il s'enfonça dans son siège et croisa les bras, avant de détailler Cameron de haut en bas.

— Quoi, vous allez rester plantée là ? S'il vous plaît, dites-moi que vous ne m'en voulez pas encore pour Paris.

Elle haussait de plus en plus le ton et Cam savait que sa frustration se sentait dans ses mots. Smith se leva, fit le tour de son bureau, et se plaça devant elle, le visage déformé par la colère.

— Je ne t'en veux pas à cause de Paris, je suis en colère parce que j'ai surpris une visite de ton petit ami chez toi, hier soir. Tu peux peut-être comprendre pourquoi je suis en colère, vu que je t'ai embrassée il y a moins de deux jours. Et je ne parle même pas de t'avoir fait grimper au rideau, il y a quelques semaines de ça.

Chacun de ses reproches fut ponctué d'un pas dans sa direction.

— Je te l'ai dit, je n'ai pas de petit ami, répondit-elle en levant le menton et en refusant de s'avouer vaincue. Mais elle recula quand même. Son dos heurta le mur. Smith était sur elle, son corps presque collé au sien.

— Vraiment ? Alors qui était l'homme que j'ai vu chez toi, hier soir ?

— Un ami, affirma-t-elle. Un ancien collègue de boulot.

— Qui est venu pour quoi ? Parce qu'il aime bien ton appartement, peut-être ?

Son accent anglais se fit plus fort sur les derniers mots. Cela fit trembler Cameron, malgré le fait qu'ils étaient tellement proches l'un de l'autre qu'elle pouvait sentir la chaleur du corps de Smith.

C'était une sensation particulièrement dangereuse.

— Il venait voir si tout allait bien, s'assurer que je sois toujours en vie. C'est ce que les gens bien font.

— C'est ça que tu aimes ? murmura-t-il d'une colère mal contrôlée, en caressant ses joues du dos de ses phalanges. Tu aimes les gens... bien ?

Elle perdit son souffle. Les mots avaient du mal à sortir de sa poitrine. Elle leva ses grands yeux écarquillés vers lui.

— N..Non, dit-elle en silence.

— Non ? lui-fit il écho.

— Non. dit-elle avec plus d'assurance.

Il recula légèrement et jeta un œil à sa robe en dentelle marron qui s'arrêtait au-dessus du genou. Elle pouvait entendre sa respiration saccader, et peu à peu elle commença à ressembler à la sienne.

Smith tendit la main et la prit par la taille, avant de la faire descendre plus bas contre sa cuisse nue. Elle gémit quand elle sentit le contact de sa peau, le son détonnant à travers le bureau silencieux.

— Tu es célibataire, alors ?

— Oui. Oui, je suis célibataire.

Elle ravala la boule qu'elle avait dans la gorge. Il releva sa robe sur un côté, révélant ainsi ses bas et ses jarretières. Ils étaient noirs, et s'accordaient parfaitement avec la couleur de ses sous-vêtements.

— Bordel, j'adore ces trucs, souffla-t-il, presque pour lui-même. Il releva le pan de sa robe de l'autre côté, très clairement excité. Elle savait ce qu'il ressentait, sa culotte était trempée, et une petite tache d'humidité était apparue.

Il la caressa à travers sa culotte, pile à l'endroit où sa moiteur perlait. Ce n'était pas son clitoris, mais ce n'en était pas loin.

Elle gémit, ses jambes menaçant de l'abandonner à tout moment.

Elle essaya de se retenir à lui, mais il s'y opposa. Il repoussa violemment sa main, et la surprit en la prenant et en la jetant sur son épaule.

Elle eut un cri de surprise alors qu'il la transportait vers son bureau. Il lui donna une fessée, vraiment forte.

— Pas de ça, la prévint-il.

Il la posa sur le bord de son bureau, sa robe toujours remontée sur ses hanches. Il se tint là, grand et menaçant.

— Ça fait un moment que je t'imagine, juste-là, grogna-t-il en regardant le petit triangle de tissu entre ses jambes. Juste comme ça. Tu n'as pas idée de ce que j'ai rêvé de te faire...

Il la caressa à travers sa culotte, trouvant sans effort son clitoris. Elle haleta. Elle pouvait sentir ses doigts la taquiner à travers ses sous-vêtements, elle pouvait sentir son clitoris la démanger et ses seins se durcir.

Elle se tendit quand il lui écarta les jambes et se mit à bouger entre elles. Sa queue était tendue comme un piquet de tente et malgré ses vêtements, il la frotta contre sa cuisse.

Elle frissonna en se remémorant à quel point il était long et épais. Sa bite était parfaite. Cameron tendit la main pour caresser le sexe de son partenaire, mais il la repoussa à nouveau.

— Non. Je veux te goûter.

Sa voix rauque et ses yeux de cobalt étaient presque suffisants pour la faire basculer. Il desserra son nœud de cravate, ce qui lui donna un air dangereux parfaitement enivrant.

Il se mit à genoux et défit ses jarretières. Il retira ensuite la culotte avant de lui faire à nouveau écarter les cuisses. Elle cria lorsqu'il écarta ses lèvres avec deux doigts et passa un long coup de langue entre elles.

— Merde ! grogna-t-elle.

Elle n'arrivait pas à croire le bien que cela lui faisait. Sa bouche était exquise, et sa longue langue chaude et humide décrivait des cercles lents autour de son clitoris. Elle jeta un regard inquiet à la porte, mais elle ne voulait pas l'arrêter.

Il ne perdit pas de temps et enfonça deux doigts de sa main libre dans son sanctuaire, les repliant comme pour signifier à quelqu'un de venir. Ils touchèrent un point si sensible en Cameron qu'elle faillit le repousser.

Il colla ses lèvres contre le clitoris et suça gentiment, et Cameron manqua de jouir sur le bureau de son patron. Elle passa les mains dans les cheveux de son amant, essayant de tout son possible de ne pas s'y accrocher. Il suça à nouveau son clitoris, et elle succomba à ses gâteries.

— Merde, je vais jouir, gémit-elle.

Il imprima un mouvement de va-et-vient à ses doigts et lécha sa chatte alors qu'elle criait de plus en plus fort.

— Oui ! Oui, oui, oui, oui ! chanta-t-elle.

Elle bascula la tête en arrière et se resserra sur les doigts en elle. Cameron avait l'impression d'être faite de verre, et que Smith était un marteau qui ravageait tout en elle.

Il se retira et se tint devant ses jambes, l'embrassant doucement. Elle pouvait sentir le goût de sa propre excitation sur sa langue, et elle avait honte d'admettre qu'elle trouvait ça extrêmement excitant.

Au moment où Smith se pencha sur elle, lui laissant sentir le poids de sa queue à travers son smoking, le téléphone sonna.

Ils s'arrêtèrent tous les deux, ne sachant que faire. Le cœur de Cam battait toujours la chamade.

— Bordel, c'est Bangkok, dit-il en regardant sa montre.

— Je devrais... commença-t-elle en se tortillant.

— Une petite seconde, ça ne sera pas long, dit-il en décrochant le téléphone.

Elle se mordit les lèvres. Pas long ? Combien de temps ça pouvait bien représenter ?

— Allô ? Oui, Smith à l'appareil.

Il prit le support du téléphone et s'éloigna doucement. Elle ne pouvait pas rester là, les quatre fers en l'air, quand même ! Elle décida de se redresser et de remettre sa culotte.

Smith se retourna vers elle en fronçant les sourcils. Il lâcha une réponse froide au téléphone, énervé.

— Je vois. Écoutez, les prévisions, c'est bien beau, mais ce ne sont que des prévisions, et rien d'autre.

Cameron regrettait amèrement son choix, en particulier maintenant qu'elle était confrontée au côté professionnel qu'elle aurait dû avoir. Elle se redressa autant qu'elle le pouvait, se tint plus ou moins droite, et se dirigea vers la porte.

Elle savait qu'elle quittait cette pièce comme elle y était entrée, le dos droit, le menton haut, et en proie au doute.

Elle ne regarda même pas par-dessus son épaule en quittant la pièce. Elle attrapa son sac et son portable, posés sur son bureau, et se dirigea d'un pas pressé vers l'ascenseur. Heureusement pour elle, il était tard et la plupart des employés étaient rentrés chez eux, personne ne vit donc l'embarras dans lequel elle se trouvait.

Qu'avait-elle fait ? Elle était supposée rester professionnelle. Pas se faire bouffer le minou sur le bureau de son patron.

Elle rougit et se mordit à nouveau les lèvres, pour essayer de rassembler son courage. Elle devait passer devant quelques personnes avant de quitter le bâtiment. Techniquement, elle savait qu'aucune de ces personnes ne savait ce qu'elle venait de faire, mais elle pressa quand même le pas.

Son téléphone sonna lorsqu'elle fut dans la rue. Cam décrocha, inquiète du fait que Smith puisse la rappeler et lui demander de revenir. Elle fut soulagée de constater que c'était Erika à l'autre bout du fil.

— Allô ? fit-t-elle en décrochant.

— Dieu merci, enfin tu réponds !

— J'étais en train de ... je travaillais.

— Je sors d'une réunion avec les éditeurs, et ils pensent que tu n'as pas suffisamment avancé dans la mission que l'on t'a confié.

— Pardon ? lâcha Cam, surprise.

— Ils veulent des résultats, Cam. Ils ont besoin de preuves concrètes, et ils en ont besoin vite. Dépêche-toi, sinon ils vont te retirer de cette mission de renseignements et te mettront sur des projets bien moins reluisants. Ils se débrouilleront autrement.

— Mais ils peuvent pas me faire ça ! Ça fait pas un mois que je suis sous couverture, se lamenta Cameron.

— Je sais bien.

— Ils ne peuvent pas me retirer ma première mission comme ça ! Personne ne me laissera de seconde chance.

— Encore une fois, je le sais, s'exaspéra Erika.

— Alors dis-moi, qu'est-ce que je dois faire ? geignit-elle.

— Écoute, à ta place, je ferais tout ce qui est en mes moyens pour obtenir ces infos. Je passerais même par le chantage, le sexe... *tout*.

— Est-ce que c'est ce que les éditeurs veulent vraiment que je fasse ? demanda Cameron dans un souffle

— Oh, crois-moi, ils n'ont aucune envie de connaître les détails. Ils se fichent de comment tu obtiens ces preuves, du moment que tu les as. Ils veulent juste une incroyable histoire pour faire la une de leur journal. Ils savent que quelqu'un leur apportera la tête de Calloway Corp sur un plateau, et ils savent qu'ils récompenseront ce quelqu'un grassement. Il ne tient qu'à toi d'être ce quelqu'un, ajouta-t-elle avant de marquer une pause. Tu peux le faire, Cameron. C'est pas pour rien que je t'ai choisie, plutôt que les deux gratte-papiers qu'on m'avait recommandés.

Tu m'as surtout choisie parce que je suis bien plus attirante que ces deux filles, pensa Cam.

— Ok, j'ai compris le message. Rapide et efficace, peu importe si j'emploie des coups bas.

— T'as pigé. Je dois y aller, mais garde cet état d'esprit.

— Ça marche, répondit Cameron, mais Erika avait déjà raccroché.

Cameron regarda son téléphone. Pour avoir les informations dont elle avait besoin, elle devrait faire monter la pression... Et elle savait précisément à quel type de pression elle allait avoir recours.

Elle jeta un dernier regard à la Calloway Plaza et rentra chez elle.

9

Smith battait le rythme avec ses doigts, contre le bar, en regardant le couple à côté de lui. Ils se bécotaient passionnément, comme si personne ne pouvait les voir.

Ça le faisait penser à sa dernière entrevue avec Cameron, la veille dans son bureau. Cette femme était comme une drogue dure, il ne pouvait pas s'en passer, et elle le rendait fou s'il n'avait pas sa dose.

Smith avait été tellement en colère après l'avoir vue dans les bras de son *ami*. Il avait perdu tout contrôle de lui-même quand elle était venue protester qu'il n'y avait rien entre eux dans son bureau.

Il l'avait acculée, il avait eu besoin de la *sentir*. Il avait eu besoin de la goûter et de l'entendre gémir de plaisir sous ses caresses.

Je l'ai carrément agressée, autant voir les choses en face. Smith grommela intérieurement.

Il était loin d'être fier de son comportement impulsif, mais il n'arrivait pas à regretter ce qu'il avait fait. Cameron avait gémit sur son bureau, en haletant. Elle avait fait preuve du même désir qu'il avait ressenti quand il l'avait embrassée à Paris.

Smith était tellement distrait par les souvenirs de Cameron jouissant au bout de sa langue et par les images de ses cuisses galbées autour de sa tête qu'il avait quitté la soirée de charité bien plus tôt que prévu. Il était parti parce qu'il avait besoin de rentrer chez lui pour se branler, pour évacuer la pression qu'il avait accumulée à force de penser à Cameron.

Smith regarda sa montre, à la recherche d'une diversion. Le couple s'était mis à se peloter sans la moindre vergogne.

19h57. Il était légèrement en avance au rendez-vous avec son détective privé.

Il prit une gorgée de bourbon, espérant que ça le calme. Il avait trouvé un détective privé sans pareil sur internet. Quand il avait appelé le numéro, le cabinet avait pris l'affaire au sérieux, et lui avait promis d'envoyer leur meilleur enquêteur, qui se trouvait par ailleurs être leur élément le plus discret.

C'était une première pour lui. Il ne savait pas trop à quoi s'attendre, et l'imprévu ne se mariait pas avec sa manie de tout contrôler.

À 20h00 précises, une femme se profila derrière lui.

— M.Calloway ?

Il se tourna vers elle et la regarda, surpris. Devant lui se tenait une petite asiatique à l'air séduisant, avec un corps tout en formes drapé dans une robe en mousseline bleue. Quand Smith imaginait un détective privé, il imaginait le cliché de l'homme blanc d'âge moyen, en léger surpoids avec une barbe de trois jours, engoncé dans un imper, et cachant son visage sous un chapeau et des lunettes de soleil.

Jamais il n'aurait imaginé que cette petite asiatique puisse exercer ce métier.

C'était probablement la raison pour laquelle les gens la recommandaient.

— Lui-même, répondit-il, en se remettant du choc provoqué par cette apparition soudaine.

Elle lui sourit poliment, probablement accoutumée à sa réaction. Elle tendit une main pour qu'il la serre.

— Je suis Lindsay Wu, affirma-t-elle d'un ton professionnel en lui serrant la main. Pourriez-vous nous réserver une table où nous pourrions discuter de mon enquête chez Calloway Corp ?

— Très bien, conclut-il en laissant une poignée de billets sur le comptoir.

Il se dirigea vers l'autre bout de la salle, où se trouvaient des renfoncements abritant des tables. Ils prirent place de part et d'autre d'une table. Lindsay posa sa valise en cuir sur la table et croisa les mains dessus en regardant Smith d'un air impassible.

— Dites-moi, monsieur Calloway, qu'est-ce qui vous inquiète au point que vous demandiez une enquête à un détective extérieur à votre entreprise ?

Il s'éclaircit la gorge, soudainement nerveux. Ce petit bout de femme était sacrément intimidant, et il avait l'impression qu'elle l'interrogeait *lui* à propos de son entreprise.

— J'ai eu vent d'informations comme quoi quelqu'un de haut placé dans mon entreprise détournait des fonds. Concrètement, quelqu'un nous fait les poches.

Il avait choisi d'adopter une approche aussi directe que son interlocutrice.

Elle leva un sourcil finement épilé dans sa direction.

— Vous n'avez aucune idée de qui vous vole ?

— Non, tout ce que je sais, c'est qu'il s'agit de l'une de ces personnes, dit-il en sortant une liste de sa veste et en la faisant glisser sur la table. Ce sont les personnes qui ont un accès direct à l'argent, reprit-il. Vous trouverez mon nom sur cette liste, ainsi que celui de mon père, ce qui vous permettra de vous faire une idée de la structure de l'entreprise.

— Je vois, murmura Lindsay Wu en parcourant la liste de ses yeux noirs avant de la ranger dans sa valise. Quelles sont mes contraintes budgétaires ?

— Aucune. Je vous paierai rubis sur l'ongle.

— Bien. Y a-t-il quelque chose de particulier que je devrais savoir avant d'accepter l'enquête ?

— Et bien... Je vous enverrai un mail avec en pièce jointe une copie des emplois du temps de ces personnes. Tout le monde y a accès en ligne, dit Smith en se passant une main dans les cheveux, désolé de ne pas avoir plus d'informations à vous offrir. Si vous avez besoin de quoi que ce soit, je serais heureux de vous aider.

— C'est parfait, acquiesça Lindsay, apparemment imperturbable malgré le flou dans lequel il la mettait. Je commencerai par vérifier les antécédents de tout le monde une fois que vous aurez signé les documents attestant que je travaille pour vous.

— Excellent.

Il sortit du renfoncement, mettant un terme à leur entretien aussi soudainement qu'il avait commencé.

— J'espère que vous trouverez rapidement le coupable.

— Ne vous inquiétez pas, M. Calloway, répondit-elle en lui offrant son premier véritable sourire depuis leur rencontre. Je trouve toujours ce que je cherche, affirma-t-elle en lui serrant la main une dernière fois.

Elle sortit du restaurant sans prononcer le moindre mot, laissant Smith en admiration. Il appréciait sa confiance en elle et son franc-parler. La sous-estimer serait une erreur et il ne fallait pas qu'il soit celui à la commettre. Il ne pouvait que trop bien imaginer la quantité astronomique de personnes qui avaient dû la sous-estimer et qui s'en étaient mordus les doigts par la suite.

Smith sortit à son tour du restaurant et vérifia à nouveau l'heure. L'entretien n'avait pas duré plus de dix minutes, ce qui réaffirma son admiration pour l'efficacité de la détective.

Il avait rendez-vous avec des amis dans un petit moment, ce qui n'était pas nouveau. Mais il se demandait s'il devait inviter Cameron à venir, cette fois-ci.

Ce ne serait pas un vrai rendez-vous en amoureux. Plutôt une petite soirée avec une amie.

Une amie avec qui j'aime coucher, pensa-t-il involontairement.

Smith fit de son mieux pour ignorer cette pensée.

Le fait était qu'il n'avait pas parlé à Cameron depuis qu'elle était sortie de son bureau lors de l'appel de Bangkok. Il avait besoin de la voir, de voir comment elle réagirait. Quoi qu'on puisse en dire, elle était aussi coincée que lui quand il fallait parler de leur ressenti. Et il était surpris de voir à quel point ça le frustrait.

Avant de pouvoir y réfléchir à deux fois, Smith l'appela. Il essaya de ne pas penser à ce qu'il faisait pendant que la tonalité résonnait à son oreille. Il trépignait d'impatience, il fallait qu'elle décroche. Il aperçut sa voiture arriver au coin de la rue.

— Allô, répondit-elle enfin, légèrement essoufflée.

Il se plaisait à penser qu'elle était à bout de souffle parce qu'*il* l'avait appelée, et non pas parce qu'elle avait couru pour répondre.

Cette pensée le fit sourire.

— Hé. Habille-toi, et retrouve-moi chez Haro dans une heure, dit-il sans préambule en montant dans sa voiture.

— Haro ? Mais c'est... romantique non ? demanda-t-elle, légèrement mal à l'aise.

— Je ne ferai rien de louche, je te le promets.

À moins que ce ne soit ce que tu veux.

—Je dois retrouver des amis à moi, il y aura plein de gens intéressants, reprit-il. Qui sait, tu tisseras peut-être des relations là-bas ?

Le fait de lui faire miroiter des perspectives professionnelles le fit sourire de plus belle.

Elle resta silencieuse un bref moment, et goba l'appât comme il l'avait suspecté.

— D'accord, j'y serai.

— C'est parfait, on se voit là-bas, répondit-il d'un ton qu'il essaya de garder neutre pour cacher sa satisfaction.

Il raccrocha, soupira, et se laissa glisser contre son siège. Il verrait Cameron ce soir, et pour l'instant, c'était tout ce qui comptait.

10

— Hé, mec ! Elle a quoi cette porte pour que tu la regardes autant ? Elle va pas s'enfuir, tu sais ? plaisanta James, en voyant Smith jeter un énième coup d'œil à la porte d'entrée.

Smith soupira et fit un effort pour se remettre dans le flot de la conversation. James souriait comme un imbécile heureux, alors que Thomas et Charlie se moquaient de lui. Il les laissa rire, insensible à leurs plaisanteries.

Ils étaient tous les trois déjà bien imbibés quand il était arrivé cher Haro, presque trente minutes auparavant. Depuis qu'il les avait rencontrés à l'université, ils avaient toujours été de joyeux soûlards. Ça n'avait pas vraiment changé, sauf que maintenant, ils ne buvaient plus dans des petits cafés du quartier étudiant, mais dans des établissements beaucoup moins abordables. Et ils portaient des costumes qui coûtaient plusieurs milliers de dollars.

— Je vous emmerde, plaisanta Smith, de bonne constitution. Il prit une longue gorgée et reposa son verre vide sur la table.

Il releva la tête, sentant les regards de ses amis toujours rivés sur lui. Smith soupira à nouveau, comprenant qu'il ne s'en tirerait pas sans expliquer ce qui le tracassait.

— J'attends quelqu'un, et elle est en retard, expliqua-t-il en se retenant de jeter un œil à sa montre.

Trois paires de sourcils se dressèrent.

— Elle ? demanda Charlie, intrigué. Tu as invité *une* amie à notre soirée ?

Smith s'étouffa légèrement en cherchant les mots pour décrire sa relation avec Cameron.

— Elle s'appelle Cameron, et c'est... *une* collègue, oui.

Smith fit signe au serveur qu'il voulait à nouveau à boire, et ses trois amis s'échangèrent des regards lourds de sens.

— On parle du genre de *collègue* qu'on emmène boire pour un coup d'un soir, c'est ça ? demanda Thomas.

Le serveur disposa des verres pleins sur la table.

— Non, répondit Smith trop rapidement pour être crédible.

Il choisit de ne pas tenir compte de l'air peu convaincu qu'ils lui adressèrent. Il attrapa son verre, certain d'avoir besoin de beaucoup plus d'alcool si ses amis comptaient vraiment avoir cette conversation avec lui maintenant.

Heureusement, il fut sauvé, car quelque chose derrière lui attira leur attention.

Ou quelqu'un, plutôt.

James se renfonça dans son siège avec un sifflement appréciateur.

— Les gars, je crois que ma future femme vient de passer cette porte.

— Une telle beauté chie des merdes plus agréables à regarder que ton visage. Pourquoi elle t'épouserait alors qu'il y a de bien plus beaux partis à cette table ? l'attaqua Charlie.

— Ouais, moi, par exemple, ajouta Thomas les yeux rivés à la personne qui venait de rentrer.

Curieux, Smith se tourna légèrement pour voir la personne qui attirait tant les éloges de ses compagnons. Son cœur se figea en la voyant.

Lorsqu'il recommença à battre, son rythme était deux fois plus élevé.

Cameron se tenait là, dans l'entrée, se dévissant le cou à sa recherche. Elle était belle à couper le souffle.

Elle portait une robe de soirée bleu marine en dentelle qui épousait ses formes comme une seconde peau. Le bleu de sa robe soulignait avec délicatesse ses cheveux de feu parfaitement arrangés. Elle étincelait, belle comme un rayon de soleil. Et pour couronner le tout, elle portait des bas qui remontaient jusqu'à des jarretières assorties à sa robe. Smith n'aurait pas pu détourner son regard d'elle quand bien-même il l'aurait voulu.

Mais Smith et ses amis n'étaient pas les seules personnes dont elle avait capté l'attention. Presque tous les hommes de la salle étaient tournés vers elle, fascinés comme des papillons devant une flamme. Cela rendit instantanément Smith possessif. Il dut s'y reprendre à deux fois pour ne pas se comporter comme un homme de Cro-Magnon en allant marquer son territoire avec des gestes d'affection déplacés.

La jalousie de Smith disparut quand Cameron tourna la tête dans sa direction et quand leurs regards se croisèrent. Il sentit un poids le quitter, sans avoir jamais remarqué sa présence auparavant. C'était comme si, à cet instant, ils n'étaient plus que deux dans ce restaurant, voire sur Terre.

— Merde, elle vient vers nous, dit quelqu'un, probablement Charlie. Si elle demande, je ne suis pas marié.

— Je pense pas qu'elle te le demandera, répondit James.

La rouquine vient par ici seulement pour me demander où est-ce que j'étais tout ce temps.

— Vous vous plantez le doigt dans l'œil jusqu'au coude les gars, dit Smith en se retournant vers eux.

Il se leva et se tint là, le temps qu'elle approche de leur table. Puis, il prit sa main et la porta à ses lèvres, et déposa un léger baiser. L'odeur familière de vanille emplit ses narines, et Smith dut prendre sur lui pour ne pas inspirer un grand coup.

— Bonsoir, murmura-t-il contre sa peau, de manière à ce que seule elle puisse l'entendre. Je suis ravi que tu aies décidé de venir.

Cameron frissonna légèrement quand il rabaissa sa main, mais il ne la relâcha pas. Leurs regards se croisèrent à nouveau, et une légère teinte rose monta aux joues de la jeune fille. Smith dut lui aussi réprimer un frisson d'excitation lorsqu'il repensa à ce qui s'était passé entre eux la dernière fois qu'il l'avait vue.

— Désolée, je suis en retard, glissa Cameron aussi bas qu'il l'avait fait. Je ne savais pas trop quoi porter pour cette soirée.

— Tu es splendide, la rassura Smith.

Il ne parvint pas à résister à la tentation de parcourir tout son corps du regard. Elle était là, devant lui, incroyablement belle.

— Tu es absolument magnifique.

Un raclement de gorge rappela à Smith qu'il n'était pas tout seul. Il relâcha la main de Cameron et ils se tournèrent vers la table où les amis de Smith étaient assis, une expression d'amusement sur leur visage.

— Les gars, je vous présente Cameron. Cameron, voici Charlie, James, et Thomas.

— Enchantée. Ravie de faire votre connaissance, répondit poliment Cameron en s'asseyant sur la chaise que Smith venait de tirer pour elle.

— C'est un plaisir, répondit James avec un sourire. Smith a oublié de nous dire à quel point sa collègue était époustouflante quand il nous a dit que tu venais.

Cameron ouvrit la bouche pour répondre, mais Smith l'interrompit.

— Ignore ce crétin, dit-il en s'asseyant à sa gauche et en jetant un regard à James à l'autre bout de la table. Il est beaucoup moins malin qu'il le croit.

— Il n'y a pas besoin d'être malin pour énoncer un fait si évident, surenchérit James sans quitter Cameron du regard. Il suffit d'avoir des yeux.

Cameron gloussa devant cette tentative de flirt et Smith leva les yeux au ciel.

— Bien, bien, assez, s'interposa Charlie en faisant un signe de la main à James. Si tu continues de parler, tu vas effrayer la jolie fille.

— Moi, je fais juste la conversation, répondit James innocemment en adressant un clin d'œil à Cameron. N'est-ce pas, ma belle ?

Cameron rit encore, et Smith jeta un regard réprobateur à son ami. En réponse, celui-ci lui adressa un sourire tout sauf désolé.

— Tu veux boire un truc ? demanda Smith en espérant pouvoir changer le sujet.

— Un whisky sec. Ou un bourbon, lui dit-elle avec un regard plein d'ironie.

— Une buveuse de whisky ? demanda Thomas avec un ton appréciateur. J'aime ça. C'est une fille qui sait boire.

. . .

— Je pense que n'importe quel Anglais assis à cette table apprécie ce trait chez elle, grogna Charlie alors que Thomas arrêtait un serveur pour transmettre la commande de Cameron.

— T'en fais pas pour Charlie, murmura Thomas d'un ton de conspirateur. S'il est aigri comme ça, c'est parce qu'il est marié et qu'il n'a plus rien à attendre de la vie.

À ces mots, Charlie s'étouffa, ce qui provoqua l'hilarité de Thomas et de James.

— Je te ferais savoir que j'aime beaucoup ma femme, répondit Charlie en croisant les bras avec un air de défiance.

— C'est pas ce que tu nous disais il y a cinq minutes, observa James en levant un sourcil.

Charlie toussa, mais ne dit rien d'autre pour se défendre.

Durant toute cette petite joute verbale, Cameron ne pipa mot et se contenta de les observer. On aurait pu croire qu'elle était habituée à voir des hommes faire les coqs devant elle pour essayer d'attirer son attention.

— Comment vous vous connaissez, vous quatre ? demanda-t-elle pour faire la conversation alors que le serveur posait son verre devant elle.

— On s'est rencontrés à Cambridge. On est tous allés à l'université ensemble, répondit Smith en éclusant une gorgée de son whisky.

— Je ne savais pas que tu étais allé à Cambridge, s'étonna Cameron en tournant son regard vers lui.

— J'y suis allé. Pourquoi ? Ça a l'air de t'étonner.

— Non, je suis juste... impressionnée, dit-elle en secouant la tête.

— Notre petit Smith a toujours été doué pour impressionner les filles, le taquina un Charlie avide de revenir dans la conversation.

Smith lui aurait volontiers mis un soufflet, mais Cameron rit de bon cœur.

— Oh, je suis convaincue que ça a toujours été dans sa nature, dit-elle timidement en adressant à Smith un sourire provoquant qui fit trembler les trois autres hommes.

Smith leva les yeux au ciel, remerciant silencieusement le tout-puissant qu'elle s'entende si bien avec ses amis, même si c'étaient des crétins finis.

— C'était avant que je ne m'enrôle, dit-il plus pour Cameron que pour ses amis.

— On a plus vu son joli petit minois pendant quatre ans après ça, ajouta Thomas. Et à ce moment-là, on avait tous émigré aux États-Unis pour le business.

—Vous faites quoi dans la vie ? s'enquit Cameron, curieuse, en les dévisageant l'un après l'autre.

Ils parlèrent tour à tour de ce qu'ils faisaient dans la vie, et Smith perdit vite le fil de la conversation, trop occupé à contempler Cameron.

Elle était vraiment splendide et il avait du mal à se concentrer sur autre chose. Elle était assise si près de lui, et tout en elle faisait réagir son corps. De sa robe qui épousait à merveille ses formes à son odeur enivrante, en passant par la façon dont elle penchait légèrement la tête quand elle riait, tout le faisait craquer.

Il avait tellement envie d'elle à cet instant. Il était bien sûr à portée d'elle, il aurait pu glisser une main entre ses cuisses et la caresser sous la table, à l'insu de tous.

À l'exception de Cameron, en tout cas. Mais Smith ne pensait pas qu'elle apprécierait d'être tripotée sous une table en public pendant que ses amis lui faisaient la discussion.

Smith regarda Cameron lever son verre et en prendre

une gorgée. Ses longs cheveux roux étaient rabattus sur sa tête, révélant ses épaules et son cou. Il savait que fixer ainsi quelqu'un ne se faisait pas, mais il était trop absorbé par la vision de Cameron avalant pour détourner le regard.

Smith ne remarqua pas le silence inhabituel qui s'était installé jusqu'à ce que Cameron repose son verre, relâchant l'emprise du sortilège qui l'envoûtait.

Smith pouvait sentir que le regard de ses amis était tourné vers lui, et il fit la regrettable erreur de croiser celui de James, assis en face de lui. Ce petit bâtard venait de lui adresser un rictus sans équivoque, en levant les sourcils.

Peut-être que l'inviter et lui faire rencontrer mes amis était une mauvaise idée, se dit-il tardivement. La surveillance de James lui coupa toute envie de se laisser aller avec Cameron à ce moment-là.

Peu importait ce qu'il y avait, ou ce qu'il n'y avait pas, entre Cameron et lui, c'était si charnel et si sauvage qu'il ne savait pas comment se l'expliquer. Alors, de là à l'expliquer aux autres...

Et pour ne rien arranger, ses amis étaient de vrais fouteurs de merde.

— Donc, dis-nous, Cameron, commença James pour rompre le silence. Comment vous êtes- vous connus tous les deux ? Smith est resté très vague quant à la ... nature de votre relation. J'espérais que tu puisses éclairer notre lanterne, lui dit-il avec un sourire presque félin.

Smith sentit, plus qu'il ne vit, Cameron se raidir à la question de James. Il la regarda du coin de l'œil alors qu'elle formulait sa réponse, tout en buvant la dernière gorgée de son whisky.

— Smith et moi travaillons ensemble, répondit-elle prudemment avec le rose aux joues. Je suis...

— Sa consultante environnementale, la coupa Smith en reposant son verre sur la table. Vous savez... il faut sauver la planète, et tout ça.

— Vraiment ? demanda James, peu convaincu, ce qui arracha un soupir de gratitude à Cameron.

— Oui. Calloway Corp a contacté mon entreprise parce qu'ils cherchaient à rendre leurs activités plus vertes, ajouta Cameron en rentrant facilement dans le jeu de Smith. Les études montrent que les nouvelles générations tiennent plus au respect de l'environnement que leurs aînés. Devenir éco-responsable est une obligation si vous voulez que votre entreprise ait un avenir sur les marchés de demain.

Il y eut un silence choqué autour de la table. Même Smith resta scotché jusqu'à ce que Cameron ait conclu son petit discours par une gorgée de whisky.

C'est qu'elle cachait bien son jeu, la petite, pensa Smith, complètement convaincu par les capacités d'actrice de Cameron. *Bordel, même moi, j'ai failli y croire.*

Smith regarda autour de la table et dut contenir le rire qui monta en lui en voyant les expressions ahuries de ses amis. Cependant, il ne put s'empêcher de sourire quand son regard croisa celui de James une nouvelle fois.

James était bouche-bée, il ne s'était pas attendu à une explication aussi intense.

Mais il se remit cependant plus vite que Smith ne l'aurait voulu.

— Ça a l'air intéressant, dit-il en s'appuyant contre le dossier de sa chaise. Et qu'est-ce qu'on doit faire pour avoir un entretien privé avec toi ? demanda-t-il en louchant sur le décolleté de Cameron, ce qui n'échappa pas à Smith.

Ce fut la goutte d'eau qui fit déborder le vase. La patience de Smith quant aux allusions de James s'était épuisée. Il aurait bien évité tout ce blabla inutile, mais il ne voulait pas donner à James l'impression que Cameron était libre non plus.

Smith allait répondre à sa place quand Cameron le surprit avec une autre réponse improvisée.

— Malheureusement, je travaillerai exclusivement avec Calloway Corp pour un bon bout de temps, s'excusa-t-elle auprès de James. Mais si tu es vraiment intéressé, je peux te mettre en contact avec un de mes collègues consultants. Il s'appelle Dave, et je suis sûr qu'il s'occupera de toi aussi bien que je l'aurais fait.

James se laissa tomber dans son fauteuil, dégoûté de sa contre-proposition.

— Ouais, ça j'en doute, grogna-t-il pour lui-même. Il baissa le regard sur son verre et y fit tourner le liquide, avant d'en prendre une gorgée.

Cam ne perdit pas la face, et garda son sourire.

— Si jamais tu changes d'avis, préviens Smith. Je suis sûre qu'il se ferait un plaisir de te transmettre les coordonnées de mon entreprise.

Ouais, ça risque pas.

Il se dit que c'était le moment ou jamais pour lever le camp et fit tout un cinéma pour jeter un œil à sa montre.

— Oh, voyez-vous ça ! s'exclama-t-il en regardant sa Rolex. Il se fait tard, je devrais probablement raccompagner Cameron.

Son prétexte ne fit pas autant illusion que le jeu d'acteur de Cameron, s'il en jugeait par les soupirs que poussèrent ses amis, mais il s'en moqua. Il l'avait suffisamment partagée avec eux. Il la voulait pour lui tout seul maintenant.

Smith recula sa chaise et se leva, aidant par la suite Cameron à se lever de sa propre chaise.

— C'était un vrai plaisir de tous vous rencontrer, leur dit-elle avec un dernier sourire.

— Un plaisir partagé, approuvèrent Thomas et Charlie.

— Vous me ferez savoir quand vous serez libre, mademoiselle Cameron ? demanda un James moins convaincu avec un clin d'œil.

— Ça marche, répondit Cameron avec un petit rire.

Smith leur dit au revoir à la hâte, puis la suivit.

— Une consultante environnementale, hein ? lui lança Cameron alors qu'ils marchaient côte à côte sur le trottoir.

— Ouais, désolé pour ça. C'est tout ce que j'ai pu trouver sur le coup.

Smith offrit d'appeler un taxi pour la raccompagner puisqu'elle vivait loin de Haro, mais Cameron déclina, arguant que la nuit était belle et qu'elle préférait rentrer à pied pour en profiter.

Smith décida d'être le gentleman qu'il n'avait pas été ces derniers temps et proposa de la raccompagner.

— Tes amis ont l'air gentil.

Smith secoua la tête, puis frissonna.

— Si tu appelles le fait d'être plus en rut qu'un adolescent dans un club de strip-tease 'être gentil', alors, ouais, je suppose qu'ils le sont.

— Ça t'a dérangé ? demanda-t-elle en levant les yeux vers lui.

Smith haussa les épaules, ne sachant pas comment répondre sans avouer les sentiments qu'il avait pour elle.

Mes sentiments pour elle ?

Avant qu'il ne puisse explorer cette piste, Cameron parla à nouveau.

— Ou c'est juste que tu ne les aimes pas tant que ça de

manière générale ? demanda-t-elle d'un ton qui se voulait franchement curieux.

Smith soupira, se sentant soudain exténué.

— Ce n'est pas que je ne les aime pas. C'est juste que... Ils me rappellent sans cesse pourquoi j'ai décidé de m'engager dans les paras, en bref pour éviter de devenir une enflure pétée de thunes qui a ce qu'elle veut quand elle veut, juste parce qu'elle a du fric. Parfois, j'ai l'impression que peu à peu, je suis en train d'en devenir une, malgré tous mes efforts pour l'éviter. J'ai l'impression de devenir comme mon père.

Ils restèrent silencieux un long moment, en continuant à marcher. Le silence n'était interrompu que par le bruit régulier de leurs pas et de leur épaule qui frottait l'une contre l'autre de temps en temps.

— Est-ce que c'est à cause de moi ? demanda Cameron, hésitante.

Smith la regarda dans la pénombre.

— Qu'est-ce que tu veux dire ?

— Tu dis que tu as l'impression de te comporter comme ton père, est-ce que c'est parce que tu essaies de m'avoir ?

Smith réfléchit une seconde, avant d'acquiescer.

— En bonne partie, oui, admit-il à contrecœur.

— Oh, je vois, dit Cameron d'une petite voix.

Smith grogna, en passant les mains dans ses cheveux et en ralentissant le pas jusqu'à s'arrêter. Il n'arrivait pas à formuler sa pensée comme il le voulait, mais il avait besoin de lui faire savoir qu'il ne rejetait pas la faute sur elle.

— Ce que tu dois comprendre, dit-il en plongeant son regard dans le sien, c'est que ma mère s'est suicidée quand j'avais dix ans. Elle nous a abandonnés et il a fallu que l'on fasse avec sa disparition, ajouta-t-il d'une voix chargée d'émotions.

— Oh Smith, je suis vraiment désolée, toutes mes condoléances, s'apitoya-t-elle en prenant sa main dans la sienne pour la serrer doucement.

— Pas de soucis. C'était il y a vraiment longtemps, dit-il avec un sourire triste.

— Ça craint quand même.

Les yeux de Cameron exprimaient une réelle tristesse, et Smith ne put la contredire.

— En effet, lui accorda-t-il. J'ai eu du mal à faire mon deuil pendant un bon moment... Mais mon père... Smith expira longuement, ferma les yeux et secoua la tête. Mon père avait l'air d'avoir raté l'enterrement. Après la mort de ma mère, c'était comme si elle n'avait jamais existé, du moins pour lui. Tout ce qui l'intéressait, c'était d'user de son pouvoir pour coucher avec toutes les filles qui l'intéressaient, et principalement ses employées. Je l'ai *détesté* pour ça.

Smith prit un moment pour faire le point. Il était surpris d'avoir tant de difficultés à respirer. Il n'avait jamais parlé de ça auparavant. Et maintenant qu'il en parlait, il se rendait compte que son père avait été un être abject.

—Je me suis juré de ne jamais devenir comme lui, déclara Smith de but en blanc. Il rouvrit les yeux, plus calme que jamais, pour pouvoir contempler le visage de Cameron. Mais, tu es arrivée de nulle part et tu as...

— Niqué littéralement tes plans ? suggéra Cameron pour essayer de lui simplifier la tâche.

— On peut dire ça, ouais, rit-il malgré lui.

Cameron baissa le regard et vit leurs mains l'une dans l'autre, incapable de parler pendant un moment.

— Du coup... on fait quoi, maintenant ? demanda-t-elle en levant à nouveau les yeux vers lui.

C'est la question depuis le début, non ?

— Ce que je *devrais* faire, c'est m'éloigner de toi dès maintenant, avant d'aggraver les choses.

Cameron lui jeta un regard avant de hocher la tête silencieusement. Elle commença à s'éloigner, à retirer sa main de celle de Smith, mais il la retint, refusant de la laisser partir.

— C'est ce que je *devrais* faire, continua-t-il. Mais ce que je *veux* faire, c'est ça.

Smith tira sur sa main, l'attirant contre lui et baissant la tête pour l'embrasser. Ce baiser fit fondre Cameron, qui ouvrit la bouche pour accueillir sa langue. Au premier gémissement qu'il entendit, sa queue se raidit instantanément.

Elle l'excitait tellement. La manière qu'elle avait de passer sa main dans ses cheveux quand elle l'embrassait l'emplissait de désir. Tout son corps se souvenait précisément de ce que ça faisait que d'être en elle, et il ne désirait que revivre ce moment à nouveau.

Ils se rendirent compte qu'ils étaient en public, sur le trottoir, et Smith eut la décence de l'amener dans une allée sombre, sans rompre leur baiser avant de l'avoir plaquée contre le mur.

Cameron prit une grande goulée d'air quand il délaissa sa bouche pour faire glisser sa langue sur le côté de son cou, ses dents jouant avec le lobe de son oreille. Un autre gémissement de plaisir lui échappa.

— J'ai eu envie de toi dès l'instant où je t'ai vue ce soir, murmura-t-il dans le creux de son oreille, ses lèvres caressant sa peau.

Les mains de Cameron glissèrent sur les épaules de

Smith, avant de descendre dans son dos et d'agripper ses fesses et de l'attirer contre elle.

Smith dut la mordiller pour retenir un grognement lorsqu'elle se frotta contre lui, leurs corps se complétant parfaitement. Il aurait juré qu'ils étaient sur Terre juste pour pouvoir coucher ensemble.

Smith écarta les cuisses de Cameron avec un genou, et leurs lèvres se trouvèrent à nouveau dans un baiser profond. Il laissa ses mains se balader sur le corps de la jeune femme, ne sachant pas trop où commencer ses caresses. Il hésita un instant à défaire les attaches de sa robe, avant de se décider à caresser ses seins.

Et quels seins !

Smith posa ses paumes contre eux, laissant échapper un râle rauque et guttural d'appréciation quand il sentit les tétons de la jeune femme se durcir sous ses mains expertes.

Il fit glisser une de ses mains entre eux, puis releva le bas de sa robe au-dessus de ses hanches, découvrant ainsi des dessous de satin noir accordés aux bas et aux jarretières.

Smith recula d'un pas et apprécia la vue.

— Bon dieu, souffla-t-il en se jetant sur elle.

Jamais il n'en aurait assez de la voir comme ça. Ces putains de bas résilles étaient son talon d'Achille, et elle devait l'avoir compris, mais il s'en moquait à ce moment-là. Du moment qu'il était le seul à pouvoir les voir.

Il tendit le bras encore une fois, faisant glisser un doigt sur le bord de sa jarretière, où se trouvait la peau sensible de l'abdomen. Cette caresse arracha une inspiration de surprise à Cameron, ce qui ne fit qu'exciter davantage Smith.

Il continua à tracer une ligne ardente sur le ventre de

Cameron, puis arriva sur les dessous de satin, sa destination finale, entre ses cuisses.

— Putain, grogna-t-il de satisfaction en trouvant une culotte trempée. C'était la preuve qu'elle le désirait autant que lui la voulait.

Il l'embrassa à nouveau, avec force, et commença à masser son clitoris du bout des doigts, à travers le tissu.

Ils interrompirent le baiser peu de temps après, leurs bouches trop avide du contact de la peau nue de l'autre.

— Oh, putain, oui, souffla Cameron quand Smith fit glisser sa culotte sur le côté, frottant directement son doigt sur son clitoris.

La moiteur de sa chatte lui donna l'impression que son caleçon était devenu beaucoup trop petit. Son érection le faisait souffrir, ainsi comprimée dans son caleçon.

Patience, mon gars, se dit Smith. *Les dames d'abord.*

Il redoubla d'efforts avec ce but en tête. Les respirations haletantes de Cameron se calquèrent bientôt sur le rythme qu'il imprimait à ses doigts.

— Oh mon dieu, gémit-elle alors que ses genoux se mettaient à trembler. Oh mon dieu, je vais jouir.

Smith soutint Cameron lorsque ses jambes flanchèrent et que son corps tout entier se mit à trembler. Elle cria silencieusement, emportée par un orgasme violent, les mains serrées autour de la veste de marque de Smith. Cela n'arrêta pas Smith, qui cessa de jouer avec le clitoris de la jolie rousse seulement lorsqu'elle ne fut plus parcourue de spasmes de plaisir.

Il l'embrassa alors, explorant tendrement sa bouche en la maintenant entre le mur et son torse. Il glissa une main dans sa poche et sortit un préservatif de son portefeuille.

Mais lorsqu'il interrompit le baiser pour ouvrir le paquet, elle l'arrêta en mettant une main sur la sienne.

Smith la regarda, incrédule, les sourcils levés dans une question silencieuse.

— On ne devrait pas, dit-elle doucement en se redressant pour faire redescendre sa robe sur ses jambes. On est déjà allés trop loin, si on continue, tu risques de le regretter.

— J'en doute, siffla-t-il, sentant l'ironie de la situation. Sa bite était si dure qu'il avait peur de transpercer ses vêtements s'il ne la libérait pas bientôt.

Mais Cameron resta sur ses positions. Elle secoua la tête, lui donnant un demi-sourire qui en disait bien moins que ses yeux.

— Non. Notre travail est trop important pour que l'on puisse se le permettre. Ni toi ni moi ne pouvons compromettre plus notre travail. Il faut qu'on réfléchisse à ça avant d'aller plus loin.

Elle se pencha en avant pour l'embrasser pudiquement sur le coin de la bouche. Smith ferma les yeux, incapable de bouger ou de parler pour la convaincre de revenir sur sa décision.

— Je suis désolée, murmura-t-elle en s'éloignant de lui.

Au moment où il ouvrit les yeux, elle était partie.

Seul dans cette allée sombre, Smith se demanda ce qui comptait le plus pour Cameron : son emploi, ou elle ?

Il n'était pas sûr d'apprécier la réponse, quelle qu'elle soit.

11

Cameron descendit un couloir du dixième étage du building Calloway, tendant l'oreille pour guetter d'éventuels bruits de pas. Elle était enfoncée dans le labyrinthe des archives, passant discrètement d'une salle à l'autre. Elle n'avait découvert ces salles que deux jours avant, alors qu'elle prenait sa pause.

Une des secrétaires se plaignait auprès de l'autre qu'elle n'arrivait pas à trouver certains vieux dossiers. Son interlocutrice lui avait répondu de regarder sur le réseau de l'entreprise, car chaque dossier était associé à sa localisation précise dans l'entreprise.

Cam s'était dépêchée de retourner à son bureau et avait vérifié ces propos. Elle avait ouvert une fenêtre, était allée sur le réseau et avait navigué jusqu'à trouver des dizaines de milliers de noms de dossiers. Après quelques recherches, elle avait découvert que ce qu'elle recherchait se trouvait au dixième étage, dans une salle sombre et reculée.

Elle avait noté le numéro de la salle sur un Post-It, pour s'en rappeler.

Elle passa devant des portes numérotées jusqu'à s'arrêter finalement devant celle qui portait le nombre trente-deux.

Elle regarda dans toutes les directions avant d'appuyer sur la poignée. La porte s'ouvrit sans peine et elle entra.

Elle referma derrière elle et contempla la pièce. Une armoire massive trônait au centre, abritant nombre de dossiers. Elle rejeta une mèche de cheveux derrière son oreille et regarda le nom du dossier le plus proche d'elle.

Divulgations financières, Avril 2013. Le suivant était *Divulgations financières, Mars 2013.*

Elle haussa les épaules et continua à se déplacer vers la droite.

L'armoire à sa droite portait l'étiquette *Divulgations financières, Terrence Culley.*

Elle approchait enfin du but.

Divulgations financières, Spencer Calloway était dans l'armoire la plus éloignée, et elle se dit après coup qu'elle l'avait trouvé sans trop de mal. Elle ouvrit le tiroir le plus grand et trouva des documents triée par date.

Elle en sortit le plus récent, en date de la semaine dernière. À sa grande surprise, le tas de papiers ne comportait rien d'étrange. Elle leva un sourcil, le remit en place et jeta un œil aux semaines précédentes.

Tout était impeccable. Elle se rendit soudain compte que cette salle était remplie de copies de documents, ce qui voulait dire qu'ils n'étaient probablement pas falsifiés. Elle prit le plus ancien document signé de la main de Spencer Calloway. Elle laissa ses doigts passer sur la signature, s'imprégnant de la manière dont le style avait marqué la feuille.

Elle referma le tiroir et se rendit à l'armoire suivante. *Divulgations financières, Smith Calloway.* Elle ouvrit le plus gros tiroir, et en sortit les documents les plus récents.

La paperasse de Smith n'avait rien à voir avec celle de son père. Les feuilles étaient cornées et les marges ornées de notes qui débordaient parfois sur le texte imprimé. Elle remonta dans les documents, et trouva le même soin apportés à ces derniers, exception faire d'une tache de café.

Elle remit tout en place et regarda les rapports d'autres employés, dont une comptable nommée Dinah Troy. Elle retrouva dans ses documents le même soin apporté aux rapports de Smith, et énormément de notes dans les marges.

Elle mit les rapports de Dinah de côté, se creusant la tête. Le fait que les rapports de Spencer ne soient pas relus ne constituait pas vraiment une preuve qu'il était négligent, mais c'était le premier indice qu'elle trouvait.

Cela voulait-il dire qu'elle devait prendre ces rapports et les emmener chez elle ? Elle n'en était pas sûre. Elle devait demander son avis à Erika.

Décidant qu'elle avait assez fureté pour l'instant, elle rangea les dossiers à leur place et sortit de la salle en se précipitant dans le couloir. Au détour d'un croisement, elle manqua de bousculer Spencer Calloway.

— Oh, glapit-elle. Désolée, vraiment navrée.

Elle rougit instantanément en pensant au fait qu'elle était quasiment rentrée dans l'homme qu'elle suspectait de détourner des fonds.

— Mademoiselle Turner, dit-il en époussetant son costume d'un noir immaculé. Que faites-vous ici ?

— Je cherchais un dossier, répondit-elle en se disant qu'elle aurait pu lui poser la même question.

— Une assistante de direction n'a rien à faire ici, déclara-t-il. Si vous avez besoin de quelque chose, envoyez un mail à Stacey, c'est elle qui gère les choses ici. À moins que le dossier que vous êtes venue chercher ne doive pas apparaître dans un mail ?

Il arqua ses sourcils. Il n'avait pas tort, mais cette réplique relevait de la paranoïa.

— Je...

C'est ce moment que choisit Smith pour apparaître au détour d'un couloir, lui permettant de ne plus avoir à se justifier.

— Hé, les salua-t-il. C'est le nouveau coin branché pour des réunions de travail, ou quoi ?

— J'ai retrouvé ta gonzesse ici. Elle dit que tu l'as envoyée chercher un dossier, dit Spencer en jetant un regard dédaigneux à Cameron.

Un moment pour le moins gênant s'écoula avant que Smith ne réponde.

— Ah, ouais, je l'ai envoyée chercher un truc pour moi. Je voulais l'organigramme des comptables de rang moyen, j'ai bien peur de ne pas connaître le moindre des noms de ces gars alors qu'ils travaillent sous ma direction.

Spencer leva à nouveau les sourcils, mais n'ajouta rien.

— Je dois aller copier des documents, je vous vois plus tard.

La raison que Spencer venait de donner quant à sa présence à cet étage était aussi peu plausible que celle de Cameron, mais elle ne le fit pas remarquer. Smith attendit qu'ils soient hors de portée des oreilles de son père pour lui tomber dessus.

— Alors ? demanda-t-il. J'ai une réunion à cet étage, mais toi, quelle est ton excuse ?

— Et bien, j'essayais d'en apprendre plus sur ce qui se passe ici, répondit-elle en descendant le couloir. C'est presque ce que tu as dit à ton père.

Ils passèrent devant un petit bureau en allant jusqu'à l'ascenseur. Cam n'en eut qu'un bref aperçu, mais la femme qui l'occupait avait d'énormes seins siliconés et des cuisses à la limite de l'anorexie. Elle portait une tenue qu'on ne voyait généralement que dans les films X, dans une scène de sexe au bureau.

— C'était qui ? demanda Cameron en montrant le bureau du doigt. J'essaie d'apprendre les noms de tout le monde ici, se justifia-t-elle.

— C'est Stacey, éluda Smith. C'est une des favorites de mon père.

— Ah, je vois, lâcha-t-elle en entrant dans l'ascenseur.

Smith jeta un œil à sa montre.

— J'ai une autre réunion au quatrième, ça t'ennuie si on descend d'abord, avant que tu ne remontes au vingt-deuxième ?

— Pas de problème, répondit-elle avec un sourire en appuyant sur le bouton du quatrième étage.

Il réajusta le nœud de sa cravate, visiblement perdu dans ses pensées. Ses cheveux noirs s'accordaient parfaitement avec sa veste de costume noire, qui soulignait impeccablement son torse musclé. Il était diablement sexy comme ça, et Cameron n'avait aucun mal à imaginer l'homme qui se cachait là-dessous, celui qui s'habillait dans un style punk-rock.

D'une manière ou d'une autre, il était un peu ces deux hommes-là. Ça lui demandait beaucoup d'efforts, mais il s'en sortait vraiment bien.

Ils arrivèrent au quatrième étage, et l'ascenseur émit un petit « ding » en s'arrêtant. Smith lui fit un signe de tête avant de s'en aller, et les portes se refermèrent.

Elle appuya sur le bouton, et soupira. Elle sortit son téléphone et commença à écrire un message destiné à Erika, lui demandant ce qu'elle pensait des preuves qu'elle venait de trouver.

Elle revint à son bureau et s'assit, relisant son message. Elle se mordit les lèvres, son pouce tremblant au-dessus du bouton « envoyer ».

Elle repensa à Smith dans l'ascenseur, si grand et beau dans son costume. Si elle trouvait quelque chose, quelque chose qui vaille la peine qu'on écrive un article dessus, serait-elle toujours en mesure de fréquenter Smith ?

Elle pensa à la tête qu'il ferait s'il savait qu'elle lui avait menti pendant tout ce temps, ça lui fendait le cœur.

D'un autre côté, ça faisait déjà un mois qu'elle lui mentait. Si elle arrêtait maintenant, elle ne décrocherait jamais son scoop. Et elle n'avait aucune idée de si Smith éprouvait vraiment quelque chose pour elle. La tension entre eux pourrait bien chuter et elle aurait tout perdu.

Elle prit une profonde inspiration, et appuya sur le bouton envoyer. La carrière avant les mecs, c'était une règle de vie, surtout quand elle n'était même pas sûre de sa relation avec le-dit mec.

Elle expira, se tourna vers la baie vitrée en se demandant pourquoi le futur ne pouvait pas être aussi dégagé que l'horizon.

12

— Tu m'as toujours pas dit où on allait, dit Cam en levant la tête vers Smith qui les conduisait vers le nord. La route les avait menés à un chemin de montagne qui montait considérablement, lacet après lacet.

— Non, en effet, répondit-il en regardant dans le rétroviseur du Range Rover.

— Allez, crache le morceau.

— Jamais, répondit-il en esquissant un sourire.

Elle remarqua qu'il regardait ses vêtements et elle ne put s'empêcher de passer nerveusement ses mains sur sa robe portefeuille rouge.

— Quoi ?

— Rien. Tu as aussi pris les affaires que je t'ai demandé de prendre ?

— Oui, acquiesça-t-elle.

Elle fronça les sourcils et attrapa son sac sur la banquette arrière. Elle en sortit une paire de chaussures de course, un t-shirt noir, un legging noir, un sweat-shirt rose et des chaussettes. Il avait refusé de lui dire ce qui était au programme, mais il lui avait quand même indiqué que ce serait une activité physique et que le matériel serait fourni.

Elle avait bien entendu accepté et il était arrivé dans sa tenue décontractée habituelle. Il portait une veste noire assortie à la couleur de son jean, mais il avait troqué ses *Dr Martens* pour des baskets et des chaussettes noires.

— Tu devrais probablement te changer avant qu'on arrive. Tout le monde sera déjà en tenue, et prêts à partir.

— Tout le monde ? s'enquit-elle.

Il sourit, ce qui creusa sa fossette si sexy, mais il ne quitta pas la route du regard.

— Du coup, je dois me changer dans la voiture, c'est ça le plan ?

— À moins que tu ne trouves un autre endroit où te changer avant que l'on arrive, dans une quinzaine de kilomètres.

Elle soupira et inclina le siège passager. Elle commença à se changer aussi vite que possible. Elle enfila d'abord le legging, puis son T-shirt, avant d'enlever sa robe sous son T-shirt.

— J'admire cette capacité qu'ont les filles, dit-il amusé.

— Quoi ?

— Vous êtes capables de vous changer sans révéler le moindre centimètre de peau. C'est pas un truc qu'on apprend aux mecs, je suppose.

— Il a fallu qu'on s'adapte et qu'on apprenne à le faire.

Il sourit et continua à dévorer la route. Elle mit ses affaires dans son sac à dos, avant de le jeter sur la banquette arrière.

Ils négocièrent un virage et sortirent de la petite route à un panneau marqué par des ballons rouges. Ils descendirent un chemin de gravier jusqu'à trouver une douzaine de voitures de luxe garées là. La plupart étaient des Range Rovers, mais ça et là se trouvaient des Porsches et des Maseratis aux couleurs vives.

Cameron remarqua James, en train de fermer le coffre de sa propre Range Rover alors qu'ils se garaient. Elle lui fit un geste de la main, et James accourut.

— Bah alors, vous arrivez enfin ? les taquina-t-il alors que Cameron et Smith descendaient du SUV.

— C'est cool de te revoir, James, dit Cameron avec un grand sourire.

James portait un survêtement complet noir et des tennis, comme s'il s'apprêtait à participer à une course. S'il ne courait pas, alors il comptait infiltrer un gang de racailles.

Elle n'avait pas pensé au fait qu'ils puissent faire une course. Elle se mordit la lèvre inférieure, espérant secrètement que Smith ne l'ait pas invitée à un événement compétitif.

— Hé, dit Smith en saluant James. Est-ce que tout est prêt ?

— On attendait plus que vous pour commencer.

— Impec'. Bon, il est temps de révéler ce qui nous attend à Cameron, alors, dit-il en lui adressant un clin d'œil.

— Il faut vraiment que je commence à poser plus de questions, moi, murmura-t-elle plus pour elle-même que pour les autres.

Ils suivirent James jusqu'à un attroupement. Ils y retrouvèrent Thomas et Charlie qui les accueillirent à bras ouverts.

— J'arrive pas à croire que Smith t'ait convaincue de participer, dit Charlie en l'accueillant.

— À dire vrai, il ne m'a pas dit à quoi j'allais participer, répondit Cam.

— Un homme bien avisé.

— Je n'arrive pas à croire que notre célibataire de toujours ait amené une femme ici, lâcha platement Thomas en secouant la tête.

— Il y a quelques filles ici, remarqua Cameron après avoir étudié la foule autour d'eux.

— Oui, mais elles ont toutes épousé un abruti qui aime ça, répondit Smith derrière elle.

La foule se mit en mouvement, se dirigeant sur un petit sentier à peine balisé.

— J'en peux plus, dis-moi ce qu'on est venus faire ici.

— Et bien... On va faire une petite randonnée, éluda Smith. Tiens, enfile ça.

Il lui tendit un sac à dos noir, et lui fit signe de le mettre sur son dos. Elle fut surprise par le poids du sac, bien plus lourd que ce qu'elle pensait. Il l'aida à l'enfiler, et ajusta les lanières pour qu'il soit bien fixé une fois qu'elle l'eut sur le dos. Elle réalisa soudain que toutes les autres personnes ici présentes portaient le même sac à dos. Pas un sac noir similaire, *le même*.

Elle se demanda ce que Smith pouvait bien mijoter.

— C'est bon ? demanda-t-il, et elle remarqua qu'il portait lui aussi un sac noir.

— Je suppose.

— Alors, allons-y, s'exclama James en rattrapant la foule.

Cam marcha rapidement, ne voulant pas ralentir les autres. Le sol sous ses pieds était rocailleux, mais elle fit attention afin de ne pas se fouler la cheville. Smith marchait derrière elle et fermait la marche. Le savoir derrière elle lui apportait un réconfort certain.

Charlie et Thomas avaient déjà disparu dans la foule devant eux, donc Cam, James et Smith durent faire un effort pour les rattraper. Au début, Cam put profiter des discussions, mais rapidement la pente se fit plus prononcée et les conversations se turent pour laisser place à la concentration.

Ils marchèrent ainsi presque une heure. Cam commença à transpirer au bout des dix premières minutes, et au bout de trente, elle fut énervée de constater que Smith connaissait des gens qui aimaient la randonnée. Pire, lui-même avait l'air d'aimer ça. Les vingt dernières minutes furent vraiment éprouvantes et elle remarqua au cours de cette montée vertigineuse que les arbres ne poussaient bientôt plus autour d'eux.

Ils arrivèrent au sommet, où une étendue plate qui permettait de profiter de la vue les attendait. Les gens s'assirent et partagèrent des bouteilles d'eau, heureux de prendre quelques minutes de repos.

Cam mit les mains sur ses genoux et passa quelques instants à essayer de reprendre son souffle. Smith tapa amicalement dans son dos puis s'éloigna pour parler à Charlie.

Elle pensa soudain qu'elle n'avait même pas profité de la vue. Il n'y avait littéralement aucun intérêt à grimper si haut si on ne profitait pas du panorama. Elle s'approcha et fut surprise de trouver le vide. Une chute immense les séparait d'un lac bleu en contrebas.

Elle haleta un instant, et recula de quelques pas. Personne n'avait l'air de remarquer qu'un vent fort soufflait dans cette direction, les menaçant de les faire basculer dans le vide s'ils s'approchaient trop.

Elle retourna voir Smith, qui lui lança doucement une bouteille d'eau neuve.

— Merci, dit-elle avant d'en boire plusieurs gorgées.

— Merci à toi d'être venue avec moi. Ou plutôt avec nous.

Il lui adressa un franc sourire, les cheveux flottant au vent. Il avait l'air de vouloir en dire plus, mais une des femmes du groupe détourna son attention. Les yeux de Cam se fixèrent sur la petite brune qui s'approchait de Smith.

— Je suis tellement nerveuse, gloussa-t-elle. Tu as déjà fait ça avant ?

— Fait quoi ? demanda Cameron, s'adressant plus à Smith qu'à la brunette.

— Du BASE-jumping, répondit Smith.

— Du quoi ?! s'exclama Cameron, incrédule.

—Tu ne savais pas qu'on allait en faire ? gloussa à nouveau la petite brune dans son pantalon de yoga si serré qu'on l'aurait dit peint à même la peau.

— Tu nous excuses, une minute ? demanda Smith à la jeune femme.

Elle s'éloigna, et Smith se pencha vers Cam pour lui expliquer.

— Le BASE-jump, c'est une activité idéale pour se rapprocher. C'est comme ça qu'on tissait des liens, chez les parachutistes. Ça procure une sensation incroyable, c'est ce que tu peux trouver de mieux en dehors de... s'expliqua-t-il.

Cam sentit une décharge familière la parcourir quand il traça un cercle invisible dans la paume de sa main.

— Ce que je peux trouver de mieux comme activité pour se rapprocher ? suggéra-t-elle.

James apparut à la suite de mademoiselle pantalon de yoga.

— J'aime ça, les activités qui rapprochent. Pas vous les gars ? On peut rester très *professionnel*, glissa-t-il à Smith avec un clin d'œil.

—Va. Te. Faire. Foutre, grogna Smith.

Cameron éclata de rire et comprit soudain ce à quoi servait le sac à dos.

— Attends, du BASE-jumping ? Jamais de la vie. Je ne sauterai pas. Je veux bien marcher, faire de la randonnée, mais me jeter du haut d'un précipice juste avec ce truc ? s'écria-t-elle en montrant son sac. Non, il n'y a vraiment pas moyen.

Un des chefs de groupe commença à énumérer des instructions. Smith prit la main de Cameron.

— Écoute, fais-moi confiance, c'est tout ce que je te demande.

La résistance de Cameron fondit comme neige au soleil devant ses yeux bleus. Et puis, se dit-elle, elle pourrait probablement en apprendre un peu plus sur sa capacité à piller dans les comptes de son entreprise de cette manière.

— Bon, d'accord, finit-elle par céder.

Smith eut un sourire satisfait. Un instructeur s'avança vers eux et commença à vérifier leur équipement.

— Tout est parfait, on dirait que vous avez fait ça toute votre vie, approuva-t-il à l'attention de Smith.

— Ouais, j'ai fait ça un paquet de fois, répondit-il sans quitter Cameron du regard. Mais cette fois-ci est on ne peut plus spéciale.

13

Quelques minutes plus tard, Cam repensa à sa décision d'accorder sa confiance à Smith. Elle essaya d'ouvrir la bouche pour lui hurler dessus, mais elle se rendit compte qu'elle était déjà ouverte et qu'un afflux constant d'oxygène l'en empêchait. L'air frais emplissait ses poumons sans le moindre effort à cause de la vitesse de sa chute.

Mais au final, elle ne regretta pas un seul instant cette décision. La poussée d'adrénaline était sans pareil.

Et il n'y avait pas de mots permettant de décrire la vue. Ils avaient sauté de la falaise en se tenant la main, et ils chutaient à présent en direction du lac s'étendant dans la vallée en contrebas. C'était tout bonnement incroyable.

Smith avait manœuvré pour se retrouver juste au-dessus d'elle durant la chute. Il avait enroulé ses jambes autour d'elle et s'était placé de manière à ce qu'elle puisse se tenir à lui. Elle s'accrocha à lui comme si sa vie en dépendait, ce qui était peut-être le cas, et il déploya son parachute. Elle sentit son estomac se soulever en sentant leur chute se ralentir brutalement

Ils atterrirent tranquillement dans le lac. Smith détacha le parachute et adressa un regard satisfait à Cam.

— Alors, comment était ta première fois ? demanda-t-il.

— Oh mon dieu, c'était incroyable. T'avais raison, c'est génial, il n'y a rien de mieux !

— Pas de regrets, alors ?

— Aucun, répondit-elle en l'embrassant instinctivement.

Mais qu'est-ce que tu fais ? Coucher, c'est une chose, mais tu viens de sauter d'une falaise pour cet homme, et maintenant, tu l'embrasses ? C'est toujours pour le travail, ou c'est pour toi-même que tu fais ça ?

Smith grogna, et répondit profondément au baiser. Il dut l'interrompre à contrecœur lorsque les autres parachutistes atterrirent dans le lac.

Cam avait pu sentir son érection sous l'eau. Il était parfois bon d'avoir le dessus dans ce genre de situation.

— Je suppose que c'est la fin de ton activité pour se rapprocher, dit-elle avec un clin d'œil.

Sur ces mots, elle se mit à nager vers la rive du lac.

14

*S*mith regardait la route à travers le pare-brise. Leur trajet de plus de deux heures les avait conduits à travers plusieurs États, passant route de taille moyenne à une autoroute, puis d'une autoroute à une petite route de campagne mal pavée. La propriété familiale était isolée et loin de son appartement en ville. Elle était cachée près d'une petite ville tranquille où ils étaient passés il y a cinq minutes.

Le trajet n'était pas celui qu'il préférait, mais la réunion du comité se faisait à cet endroit, cette fois-ci. Et, même s'il rechignait à y participer, il ne venait pas seul.

Il jeta un regard à Cameron, assise dans le siège passager. Elle était absorbée dans sa contemplation du paysage.

— On est bientôt arrivés.

Elle se retourna vers lui, en souriant.

— Dis, je ne serai pas la seule assistante présente, si ?

Il n'en avait aucune idée. Il s'éclaircit la gorge, puis répondit :

— Non, il devrait y en avoir d'autres.

— Chouette. Je pense qu'un week-end loin de la ville nous fera le plus grand bien, à tous les deux, dit-elle avant de reporter son attention sur le paysage qui défilait dehors.

Tous les deux.

Smith réfléchit à ces mots en prenant le dernier virage menant au chemin bien entretenu qui conduisait à la propriété familiale. Ils passèrent sous une arche en pierre exhibant fièrement le nom des Calloway, écrit en lettres de métal noir.

Est-ce qu'elle veut dire, à tous les deux ? Nous deux ensemble ? Ou individuellement ? se demanda-t-il intérieurement, frustré et confus de ne pas avoir la réponse.

Cinq jours s'étaient écoulés depuis qu'il l'avait invitée chez Haro. Et au cours de ces cinq jours, ils avaient prétendu que rien ne s'était passé, comme ils l'avaient fait auparavant.

Smith avait l'habitude de vivre deux vies séparées. Il avait pris cette habitude au cours de longues années de pratique, ressentant le besoin de se tenir éloigné des affaires de son père. Mais il n'avait pas l'habitude d'avoir quelqu'un à ses côtés, quelqu'un qui jouait au même jeu que lui. Pour sa défense, Cameron s'en sortait largement aussi bien que lui, et elle parvenait à tromper son monde. Sa capacité à préserver les apparences était si bonne qu'elle en devenait légèrement agaçante.

La vérité était que Smith avait peur de parler de ce qu'il y avait entre eux, et il ne savait pas comment aborder le sujet. Il ne savait même pas si elle voudrait bien en parler, ou si elle esquiverait simplement la conversation en changeant de sujet. Depuis qu'elle l'avait abandonné dans cette allée sombre samedi dernier, il avait perdu ses repères et ne savait plus comment elle réagirait à quoi que ce soit.

— Il y a quelque chose qui ne va pas ?

Smith fut tiré de ses pensées, et découvrit que Cameron le regardait, le front plissé d'inquiétude.

— Pardon ? demanda-t-il d'un ton confus.

— Tu faisais une drôle de tête, un peu comme ça.

Cameron se mit à loucher, sortit son menton et fit une moue pensive.

Smith rit de cette imitation de lui.

— Mais non, je faisais pas cette tête.

— Oh que si.

— Je n'ai jamais fait cette tête de toute ma vie, persista-t-il.

— Et bien, c'était précisément la tête que tu tirais il y a deux minutes, insista Cameron en haussant les épaules, sans pour autant se laisser démonter. Tu avais l'air... je sais pas, pensif, préoccupé par quelque chose.

— Je me disais juste que c'était vraiment nul d'être piégé pour les prochaines quarante-huit heures en compagnie de mon père, mentit-il.

Ce n'était qu'un demi-mensonge, au moins. Il n'avait vraiment pas envie de passer tout ce temps en compagnie de son père.

— Oh, je vois, lâcha Cameron, visiblement convaincue par cette réponse. Elle se détendit et s'adossa contre son siège.

Elle dut se redresser moins de trente secondes plus tard, lorsqu'ils grimpèrent une dernière colline et qu'elle vit la propriété des Calloway pour la première fois.

— Bordel de merde ! s'exclama-t-elle en se tournant vers Smith avec de grand yeux. C'est vraiment ta putain de maison ?

— Non, c'est le manoir de mon père, la corrigea-t-il avant de froncer les sourcils. Enfin, c'est un de ses manoirs.

C'est celui qu'il a sacralisé comme étant *la propriété familiale* cependant... Enfin, tu vois le genre.

— Je ne suis pas sûre, non. J'ai du mal à imaginer, monsieur petite cuillère d'argent dans la bouche. Je n'avais jamais vu de maison aussi grande de ma vie, alors de là à y séjourner...

— C'est comme vivre dans n'importe quelle autre maison, mais en beaucoup moins agréable.

— Je ne sais pas, répondit Cameron alors qu'il se garait dans le cercle que formait l'allée devant la maison. Je pense que tu n'es pas très objectif, sur ce coup-là.

— Tu as peut-être raison, admit-il en coupant le contact.

Il sortit de la voiture et admira la maison. C'était un vieux manoir de l'époque victorienne, construit en briques. Il trouvait parfaitement sa place au milieu des arbres qui poussaient autour. Il y avait trois étages et quinze chambres. Il fronça le nez, puis alla prendre leurs bagages dans le coffre.

— Et bien, nous y voilà, conclut-il. Essayons d'en profiter pour nous détendre.

Il amena les valises jusqu'au porche, Cameron traînant des pieds derrière lui. Il s'arrêta et observa la lourde porte ornementée devant lui avant de sonner.

La porte s'ouvrit et Smith marqua une pause. Il plissa les yeux, mais ne parvint pas à reconnaître l'homme en costume qui venait de leur ouvrir. Ce n'était pas si inhabituel que son père change de personnel.

— Monsieur Calloway, dit le majordome en s'inclinant avec un accent Irlandais. Je suis M. McDonnell, à votre service. Veuillez entrer. Laissez vos effets personnels ici, je vous les ferai monter.

Smith laissa les valises dans l'entrée, saluant McDonnell

d'un léger mouvement de tête. Il se tourna vers Cameron, qui oscillait sur place derrière lui.

—Tu veux te rafraîchir ? lui demanda-t-il.

Elle acquiesça silencieusement, apparemment ébahie par la taille du manoir.

— Dans quelles chambres séjournerons-nous ? demanda-t-il au majordome.

— Monsieur aura sa chambre habituelle. Quant à madame, elle séjournera dans la chambre au bout du hall. Mademoiselle Cassin va vous montrer votre chambre, madame, déclara O'Donnell.

Une servante apparut et conduisit Cameron à sa chambre. Smith resta bizarrement dans l'entrée jusqu'à ce qu'O'Donnell prenne à nouveau la parole.

— Je vais faire monter vos bagages dans votre chambre. Monsieur désire-t-il autre chose ?

— Non, merci. Mais sauriez-vous où se trouve mon père ?

— Il est dans son bureau, monsieur, répondit le majordome.

Smith se dirigea vers le bureau. Il s'arrêta un bref instant devant les portes de celui-ci pour apprécier les sculptures ouvragées qui les ornaient. Il pouvait entendre son père parler au téléphone depuis l'extérieur du bureau. Il se plaignait de quelque chose à propos des taxes. Smith vérifia qu'il n'y avait personne dans le couloir, et plaqua son oreille à la porte.

— ...si nous relocalisions le centre des opérations en Irlande, ça nous permettrait d'économiser des millions.

Smith sentit sa tête lui tourner. Il n'avait jamais entendu son père parler de déplacer le siège de la compagnie de l'autre côté de l'océan. *Qu'est-ce qu'il peut bien me cacher d'autre ?* Il sentit la colère monter en lui, et il ouvrit la porte d'un coup, sans même frapper. Il jeta un regard lourd de sens à son père.

Spencer se redressa.

— Oh, c'est toi, Smith ? Entre, je t'en prie. Il fit signe à son fils de s'asseoir. Smith se contenta de marcher vers le bureau de son père et de lui arracher le téléphone des mains.

— Il va devoir te rappeler, dit-il dans le combiné avant de raccrocher.

— Bordel, qu'est-ce qui ne va pas chez toi ? s'écria un Spencer en colère.

— L'Irlande ? Depuis quand as-tu prévu de faire ça ? Depuis quand tu fais les choses dans mon dos ? demanda-t-il en ignorant la question de son père.

— Ne sois pas si dramatique, gronda son père en soupirant.

Il but une grande gorgée du verre en cristal sur son bureau. Smith ne savait pas si le liquide transparent dans le verre de son père était de l'eau ou de la vodka, mais il s'en moquait.

— Écoute, continua son père. L'entreprise pourrait échapper à de nombreuses taxes en déplaçant son siège en Irlande.

— Bien sûr, et alors ? Dès qu'il s'agit d'éviter de payer, on peut compter sur toi. Oh, et puis tu sais quoi ? Aux dernières nouvelles, je suis censé diriger cette entreprise avec toi, et non pas surprendre ce genre de discussion au détour d'une porte fermée.

— Pas besoin d'en faire tout un fromage, mon garçon. Je vais faire en sorte que tu puisses garder ton... assistante de direction quand nous relocaliserons les locaux. Je me débrouillerai même pour vous dégotter un petit nid d'amour bien douillet pour que tu puisses lui en faire voir de toutes les couleurs sur vos heures de repos. Allez, sers-toi un verre, pose tes fesses et discutons-en.

Smith serra les poings jusqu'à ce que ses ongles mordent dans la chair de sa paume. Il était sur le point de frapper son père quand une petite cloche sonna, signalant que le dîner aurait lieu dans une trentaine de minutes. Il se força à sourire.

— Désolé, papa, mais je dois me changer pour le dîner.

— Une autre fois alors. Oh, et puis, j'ai demandé à O'Donnell de mettre sa chambre en face de la tienne, lui dit-il en lui faisant au revoir de la main.

Smith quitta le bureau de son père avant qu'il ne puisse ajouter un mot. Il se dirigea d'un pas résolu vers sa chambre et croisa sur le chemin une gouvernante qui apportait un sac à Cameron. La gouvernante évita son regard et frappa à la porte.

Je me demande si chaque personne qui travaille ici pense que je couche avec mes employés, comme le fait mon père. Oh, et puis merde, ils ont raison.

Le père de Smith avait une manière bien à lui de faire ressortir le pire en son fils. Il claqua la porte de sa chambre et se changea pour enfiler son costume.

Précisément vingt-cinq minutes plus tard, Smith se dirigea vers la salle à manger. Son costume était parfaitement taillé et impeccablement bien repassé, il ne présentait pas le moindre pli. Smith avait l'air d'une panthère, un corps tout en muscle sous une apparence extérieure pleine d'une grâce presque féline. Il adressa un signe de tête à son père, déjà assis en bout de table et se servit un verre avant de s'asseoir.

Cameron entra dans la pièce et Smith fit son possible pour ne pas la fixer du regard. Elle portait une robe en soie verte émeraude, qui, bien que sage, épousait parfaitement ses formes. Elle ne portait pas de soutien-gorge, et des talons aiguilles noirs ornaient ses pieds. Son épaisse chevelure rouge était nouée à l'arrière de sa tête.

— J'ai vraiment eu du mal à trouver cette pièce, ce manoir est immense ! s'exclama-t-elle.

Smith approuva nonchalamment, et Spencer sourit.

— Nous sommes heureux que vous ayez pu trouvez votre chemin, très chère. O'Donnell, nous aimerions dîner à présent.

À ces mots, un torrent de serviteurs déferla dans la pièce. L'un d'entre eux vint avec une carafe en argent pleine d'eau chaude, il en versa dans de petits bols à côté de chaque personne, pour qu'ils puissent se rincer les doigts. Un autre serviteur versa un blanc de Bourgogne dans leurs verres, et un dernier leur versa une soupe fumante dans leur assiette.

Smith regarda la serveuse qui versait le vin. Il la reconnut en un instant. Il s'agissait de la détective privée qu'il avait engagé pour enquêter sur les finances de l'entreprise.

Il prit une longue gorgée de vin. Son père était-il au courant de ses doutes ? Pire, avait-il engagé la détective pour enquêter sur lui ? *Merde.*

Les serviteurs disparurent sans dire un mot. Les garçons commencèrent à manger, mais Cameron sentit son appétit s'évanouir. Elle commençait à éprouver des remords.

Smith remarqua que quelque chose n'allait pas.

— Ça ne va pas ?

— C'est rien, je ne suis juste pas habituée à ça, répondit-elle.

Pour la première fois depuis leur arrivée, Smith sourit.

— Commence par le vin. C'est comme ça que les gens de la haute font passer *tout ça*. Pas vrai, père ?

Spencer leva son verre et porta un toast moqueur à la remarque de son fils. Pour la première fois, Cameron vit ce que Smith avait en commun avec son père. Ils étaient tous les deux bien bâtis, deux grands hommes aux yeux bleus et au sourire ravageur. Le sourire de Spencer pâlissait en comparaison de ses yeux, cependant.

Cameron décida de suivre ce conseil et prit une longue gorgée de vin, le laissant imprégner son palais, avant de le faire tourner en bouche pour profiter de son goût.

— Oh mon dieu, s'exclama-t-elle gaiement. Ce vin est incroyable.

Smith se força à détourner le regard de ses lèvres brillantes.

Son père sourit à nouveau.

— Je suis heureux que vous l'aimiez. Donc, dites-moi, Mlle Cameron... Le conseil arrive demain matin, mais d'ici là nous avons un peu de temps pour nous détendre. Parlez-nous de vous. D'où venez-vous ? Que faites-vous ?

Smith serra les dents. Cameron avait-elle remarqué que l'on s'adressait à elle ? Visiblement, non, elle savourait toujours le vin.

Cameron répéta quelques phrases tirées de son faux CV. Elle avait noté qu'il y avait de la tension entre Smith et son père. Mais elle savait qu'elle devait garder son calme. Elle joua donc à l'idiote, gloussant aux plaisanteries de mauvais goût de Spencer et complimentant chaque plat qui sortait des cuisines.

Si tu savais que non seulement je couche avec votre fils, mais en plus que j'enquête sur la face cachée de ton entreprise, vieux chelou, que ferais-tu ? se dit-elle intérieurement en souriant.

Tout ce temps, Smith fut sur le point d'exploser. Son père ne cessait pas son numéro et les réponses ingénues de Cameron le rendaient fou. Chaque fois qu'il essayait de se calmer, la détective revint dans la salle pour servir un nouveau vin.

À la fin du dîner, Smith n'était plus qu'une boule de nerfs. Quand Cameron s'excusa pour aller se coucher, il se leva si rapidement qu'il repoussa sa chaise deux mètres plus loin. Elle lui adressa un regard à l'expression impénétrable, qu'il soutint une seconde et elle s'en alla dans un éclair de soie verte.

Smith se leva et sortit de la salle à manger sans même adresser un mot à son père. Il décida de se diriger vers la bibliothèque. Il lirait. Il boirait quelques verres. Il avait à peine touché au vin, à table.

Dans la bibliothèque, cependant, il ne parvint pas à se plonger ni dans les livres, ni dans la boisson. Au lieu de cela, il passa son temps à penser au regard que Cameron lui avait adressé avant de quitter la salle à manger. Il se servit un deuxième verre, qu'il éclusa cul-sec.

Oh, et puis merde. Je vais aller la voir. Je vais lui demander directement ce que ce regard voulait dire.

Devant sa porte, Smith marqua une pause. Peut-être devait-il seulement aller se coucher. Mais toute cette soirée avait été si frustrante, il souffrait tellement. Il avait juste… besoin de la voir.

Et puis, après tout, il *était* son patron. Il avait le droit de discuter avec ses employés. Ils n'étaient pas venus là en vacances.

Cette excuse en tête, il essaya d'ouvrir la porte. Elle n'était pas verrouillée, il entra donc.

Il y eut un couinement en provenance du lit, et Cam se couvrit vite avec les couvertures.

Elle n'avait pas été assez rapide, il l'avait vue. Elle était nue, et elle se caressait.

Et bien, maintenant, il savait ce que ce regard voulait dire.

15

*B*ordel. Dans quel merdier venait-il de mettre les pieds ? Elle avait remonté les couvertures sur elle, mais pas assez vite pour se cacher. Il l'avait vue se toucher.

Son sang ne fit qu'un tour et gonfla son pénis, déformant ainsi son pantalon. Elle rougit de culpabilité, mais la voir comme ça empêcha Smith de sortir de la chambre.

— Qu'est-ce que je vais faire avec toi ? demanda-t-il en la regardant étalée sur le lit. Dois-je signaler un comportement déplacé aux ressources humaines ?

— Dégage ! glapit-elle en remontant davantage la couverture sur elle.

— Oh, non, je ne crois pas, chérie, dit-il en fermant la porte derrière lui.

Il défit son nœud de cravate et avança doucement vers elle.

— Je te jure, je vais crier, le menaça-t-elle toute tremblante.

— Vas-y, crie autant que tu veux, dit-il en enlevant ses

chaussures. On est que deux, dans cette aile du manoir. Personne ne t'entendra crier. Et puis, pourquoi mentir ? Je te veux autant que tu me veux. Je n'ai pensé qu'à toi pendant tout le dîner.

Elle le regarda enlever sa veste et défaire ses boutons de manchettes. Smith sourit, pensant qu'elle allait faire bien plus que crier. Il allait jouer avec sa corde sensible comme il jouerait d'un violon.

— Dis-le moi, ma belle, dis-le, que tu me veux.

Elle rougit, il venait de s'arrêter à côté du lit. Il savait qu'elle pensait à lui durant sa petite séance de plaisirs personnels. Il tendit la main et abaissa doucement la couverture qui couvrait son corps. Elle était simplement parfaite, ses seins en forme de poire dressés et ses cuisses ne demandant qu'à être caressées.

— Mon dieu, tu es si parfaite, dit-il en baissant le regard sur elle. Tu le sais, j'espère.

— Smith... murmura-t-elle. On peut pas faire ça.

— Caresse-toi encore, insista-t-il en laissant son regard errer sur le corps nu de la jeune femme. Montre-moi.

Elle hésita un instant, mais finit par mettre les mains sur ses seins, les faisant doucement rouler et pinçant ses tétons entre ses doigts. Il la regarda fermer les yeux et jouer durement avec le bout durci de ses seins. Le souffle de Smith se fit plus saccadé lorsqu'il se rendit compte qu'elle aimait avoir un peu mal lorsqu'elle se faisait plaisir, tout comme lui. Il repensa à leur première nuit ensemble, pendant laquelle il avait voulu la fesser et l'attacher.

Ça n'aurait pas été approprié à ce moment-là, mais maintenant... Ils n'étaient plus de simples étrangers, et ils avaient toute la nuit devant eux. Ils pouvaient prendre leur temps pour assouvir leurs désirs.

— Bouge ta main plus lentement, la commanda-t-il. Caresse ta chatte, comme tu le faisais quand je suis entré.

Elle ouvrit de grands yeux où une flamme capable de faire fondre n'importe qui brûlait. Elle fronça les sourcils, et rejeta la couette au loin. Elle écarta les cuisses et soupira doucement lorsque ses doigts parvinrent à son clitoris.

Ses soupirs de plaisir sonnaient comme une douce mélodie aux oreilles de Smith, mais ce n'était pas assez. Pas quand elle était juste là, nue, devant lui. Il avait besoin de la toucher, il avait besoin qu'elle le touche.

Sa chemise déboutonnée, il descendit sa braguette. Il fut surpris, quand il s'approcha du lit, de la voir s'arrêter et s'asseoir.

— Ma chérie...

Elle le tira sur le lit, et l'embrassa avec la langue. Il profita de ce baiser un moment, avant de reprendre le contrôle de la situation. Il la prit par les hanches et la fit basculer, inversant ainsi les positions. Cameron était maintenant sur lui.

Il plaça ses mains sur ses côtes, et s'imprégna de ce moment. Elle essaya de le plaquer sur le lit et de l'embrasser, mais il intercepta ses mains et les leva au-dessus de sa tête, les plaquant contre le lit.

— Laisse-les ici, pour l'instant, lui demanda-t-il en la regardant dans les yeux.

Elle se mordit les lèvres et acquiesça.

Il descendit sur ses seins. Ils lui mettaient l'eau à la bouche, tels deux pêches juteuses. Il donna un coup de langue sur chacun, retenant avec peine un grognement. Elle haleta, pantelante.

Bordel, qu'est-ce qu'elle était bonne.

Il délaissa son téton pour continuer à descendre le long

de son ventre, et arriva sur son mont d'Ève. Elle essaya de refermer les cuisses, mais il l'en empêcha.

— Laisse-moi faire, lui ordonna-t-il. Je vais te faire du bien.

— Attends ! Et si... si on te faisait du bien à toi, pour une fois. Montre-moi ce qu'il faut faire pour que tu te sentes bien.

Sa queue approuva. Il se détesta pour ça, mais il ne parvint pas à se sortir de la tête l'image de Cameron avec sa bite. Le fait de penser à ses petites lèvres autour de son gland brisa quelque chose en lui.

Il se releva en poussant sur ses bras et enleva sa chemise. Elle contempla son corps avec de grands yeux, appréciant ses muscles ciselés. Puis il se leva et retira les vêtements qu'il lui restait, se dénudant devant elle.

Voir les yeux de la jeune rousse s'écarquiller devant sa nudité lui provoqua un sourire.

— Tu veux savoir comment me faire plaisir ? demanda-t-il en empoignant son membre.

— Oui, répondit-elle sans prendre le temps de reprendre sa respiration.

— Suce ma bite. Suce-la comme si ta vie en dépendait.

Elle s'assit sur le lit et prit pleine conscience de sa mesure en l'embrassant au niveau de l'estomac. Elle plaqua ses mains dans son dos, ses ongles rentrant dans la peau alors qu'elle descendait l'embrasser plus bas encore.

Il recula d'un pas lorsqu'elle baisa sa queue, laissant une chaude traînée sur son corps. Elle déposa un baiser à la base de son pénis, puis empoigna sa queue et le goûta.

Smith sourit de plus belle, dévoilant ses dents et laissant échapper un soupir de plaisir. Elle s'arrêta un instant, levant les yeux vers lui. Elle était parfaite comme ça, un ange roux à genoux au bout de sa queue.

— Continue, la pressa-t-il. Il enroula ses cheveux de feu autour de son poing.

Avec lenteur, elle lécha le bout de son gland. Il gémit à cette sensation, sa langue chaude glissant comme du velours sur sa peau sensible. Elle ouvrit les lèvres et le prit en bouche. Il soupira en plongeant en elle, profitant du délicieux cadeau qu'elle lui faisait. Il grava dans sa mémoire la vue qu'il avait d'elle, ses petites lèvres roses glissant autour de sa virilité.

Mais lorsqu'elle commença à bouger... Il dut prendre sur lui pour garder les yeux ouverts, alors qu'elle faisait bouger ses lèvres, sa langue et ses mains de conserve.

— Putain, mon dieu... c'est trop bon, Cameron.

Elle gémit, accélérant l'allure. Il aurait pu jouir dès maintenant. Mais il avait quelque chose à lui prouver. Il voulait, non, il *devait* lui offrir le plus puissant des orgasmes de toute sa putain de vie. Un orgasme infiniment mieux que ce qu'elle aurait pu atteindre par elle-même. Meilleur encore que leur première fois, aussi incroyable fut-elle.

Il se mordit la lèvre et se retira.

— Je te l'ai dit Cameron, ta bouche est incroyable. C'est presque trop. Mais je veux aller plus loin que ça, ce soir.

— Tu parles d'une grande gueule, le nargua-t-elle.

Il gloussa, puis l'aida à se relever, pour mieux l'embrasser. Elle avait un goût musqué, comme sa bite. Il taquina sa langue du bout de la sienne, se goûtant sur elle. Puis, il la retourna et la poussa sur le lit.

Elle cria en s'effondrant à quatre pattes, le cul en l'air. Elle se tourna vers lui et s'assit à moitié, mettant involontairement sa poitrine en avant. Il grogna légèrement en prenant place au-dessus d'elle, la plaquant sur le lit. Il l'embrassa à nouveau en luttant pour maintenir ses mains au-dessus de sa tête, et l'embrassa dans le cou.

Elle gémit lorsqu'il suça doucement son trapèze, à la jointure de son cou et de son épaule. Elle se cambra tellement qu'elle manqua de sortir du lit lorsqu'il empoigna ses seins. Il repoussa les genoux de Cameron, déposant de petits baisers sur son corps.

Il pinça ses lèvres du bas, appréciant la manière dont elles scintillaient. *Il* avait provoqué ça. C'était lui qui l'avait autant excitée. Il les écarta avec deux doigts et les lécha.

— Smith... protesta-t-elle faiblement. Il s'attaqua directement à son clitoris, le titillant doucement avec sa langue. Smith, mon dieu !

Elle était si bonne. Il aurait dû savourer cet instant, car elle tira ses cheveux, le forçant à remonter vers elle.

Elle l'embrassa passionnément et l'attira contre elle. Il grogna en sentant la douceur de sa chatte contre sa queue dure et tendue.

— Tu as de quoi te protéger ? s'enquit-elle dans un souffle, frottant ses hanches contre celles de son amant.

— Une seconde, dit-il en battant en retraite. Il attrapa son pantalon et fouilla dans les poches. Il en extirpa le petit carré d'aluminium qu'il cherchait.

Il en sortit le préservatif et l'enfila de sa main libre. Il reprit place sur Cameron, pointant le bout de sa queue contre sa chatte. Lorsqu'il poussa sur ses hanches, il put sentir la chaleur de son corps, et elle cria.

— Oh oui. Putain. T'es tellement serrée !

Malgré le préservatif qui les séparait, elle avait l'impression d'être au septième ciel. Il s'arrêta en elle, la laissant s'adapter à sa taille impressionnante. Elle avait l'air d'être aussi impatiente que lui, car elle se mit à bouger les hanches.

— S'il te plaît, Smith, glapit-elle. Ne me fais pas attendre.

Il l'attrapa par la taille, sortit légèrement d'elle avant de s'y enfoncer à nouveau d'un grand coup de bassin. Ils crièrent de plaisir ensemble. Il répéta l'opération, doucement, encore et encore. Chaque fois qu'il replongeait en elle, un frisson parcourait sa colonne vertébrale.

— Mon dieu, Cameron, murmura-t-il. Il accéléra le rythme, arrangeant sa position pour la pénétrer plus profondément encore.

Elle fit glisser ses ongles le long de son dos, provoquant une traînée de feu sur sa peau. Cette légère douleur ne fit qu'augmenter le plaisir qu'il ressentait. Il la sentit se serrer encore plus autour de lui. Elle accompagnait chacun de ses coups de hanche d'un coup de reins.

Sa peau brillait d'une fine pellicule de sueur alors qu'il allait et venait en elle, déterminé à la faire exploser de plaisir. Il pensa aux ongles dans son dos et se dit qu'elle avait peut-être besoin du même type d'encouragement, une légère touche de douleur qui lui ferait passer le cap.

Il lui passa une main autour du cou. Elle écarquilla les yeux mais ne l'arrêta pas. Il commença à serrer doucement, se laissant envahir par le sentiment de puissance d'avoir sa vie entre ses mains. Il ne s'était jamais senti si puissant, si dominant, si vivant.

C'était grisant.

— Plus, gémit-elle. J'y suis presque...

Il l'empêcha de respirer quelques secondes. L'effet fut immédiat, son visage devint légèrement rouge et elle leva les yeux au ciel. Il serra légèrement plus fort et elle se mit à convulser, aux portes de l'orgasme. Lorsqu'il relâcha prise, elle cria en jouissant.

Smith se sentit lui aussi partir. Il sentit sa semence jaillir dans un jet puissant alors qu'il continuait à pomper en elle. Lorsqu'il eut fini de jouir, il ralentit et se reposa sur sa partenaire.

Il soutint son poids sur son avant-bras, embrassant légèrement Cameron sur la bouche. Elle l'embrassa en retour, mais d'un baiser doux et langoureux. Lorsqu'il sortit d'elle, il retira le préservatif, le noua, et le jeta en dehors du lit.

Il prit place à côté d'elle, attirant son corps contre le sien. Il était envahi de pensées qu'il ne pouvait pas formuler à voix haute.

La plus importante de ces pensées était : *Qu'est-ce que je vais faire avec toi, maintenant ?*

Il soupira afin de faire taire ces pensées. Il se tourna sur le côté et la regarda s'endormir, refusant de céder aux doutes.

16

Cameron pouvait enfin se l'avouer : elle écoutait aux portes. Elle était derrière la porte de la salle de bain, à côté du bureau de Spencer, après avoir silencieusement traqué Smith et son père à travers le manoir.

Elle pouvait enfin entendre Spencer parler boulot, même si, jusque-là, la discussion ne lui avait rien appris. En grande partie, c'étaient des histoires sans intérêt qui l'auraient normalement endormie.

— Et cette fille, qui bosse pour toi ? C'est quoi son nom déjà ? demanda Spencer.

Cam s'arrêta net. Elle n'avait pas pensé que la discussion dériverait sur ce sujet.

— Elle s'appelle Cameron, répondit Smith d'un ton ennuyé.

— Tu l'aimes ?

Il y eut une longue pause.

— Oui, c'est une assistante de direction très compétente.

— Tu sais que ce n'est pas ce que je t'ai demandé, Smith.

— C'est ce que tu as demandé. Tu m'as demandé si je l'aimais.

— Je veux savoir si elle est bonne à baiser.

Un nouveau silence emplit l'air.

— On ne couche pas ensemble, grinça Smith.

— Pourquoi ? C'est vraiment ton type, non ? lâcha Spencer comme si de rien n'était.

— Va te faire foutre.

— Tu veux dire que je me suis fait chier à engager une fille qui corresponde à ce que tu aimes et que tu n'en profites même pas ?

— C'est pas tes affaires.

— Si, si c'est moi qui paie pour tout ça. Il y a quelqu'un d'autre qui t'a tapé dans l'œil, c'est ça ?

— Non ! s'indigna Smith. Non, j'aime vraiment l'avoir à mes côtés en tant qu'assistante de direction.

— Je pense que tu te prives pour rien. Cette fille veut vraiment ta queue.

Cam put entendre le craquement du cuir lorsque Smith se leva brusquement.

— Je vais au lit, répondit Smith.

— Dans le sien, si tu n'es pas le dernier des abrutis.

Elle entendit les pas lourds de Smith qui se dirigeait vers sa chambre. Il viendrait bientôt la voir, si elle en croyait son instinct. Elle avait l'intention de dire qu'elle était dehors, sous le porche derrière la maison.

Elle passa la tête par la porte du couloir pour essayer de voir si la voix était libre. Elle ne vit personne et était sur le point de filer à l'anglaise quand elle entendit la voix de Spencer.

— Salut, Stacey.

Cam se figea et décida de rester dans la salle de bains. Mieux valait prévenir que guérir. Elle se remit à écouter avec attention la conversation à travers la porte légèrement ouverte de la salle de bains.

— Et bien, si tu faisais ton travail, je n'aurais pas besoin de prendre de tes nouvelles, dit-il. J'ai déplacé l'argent depuis la caisse de retraite des employés sur mon compte aux îles Caïman.

Cameron se couvrit la bouche avec la main. L'espace d'une seconde, elle se demanda si Spencer l'avait vue, et s'il jouait avec ses nerfs. Après vérification, elle eut la certitude qu'il n'avait pas remarqué sa présence. Elle avait été extrêmement prudente quand elle les avait suivis à travers la résidence.

— Bien sûr que les employés vont s'apercevoir qu'il n'y a presque plus d'argent pour leur retraite, Stacey. C'est pourquoi *tu* vas tamponner ces documents et me couvrir pendant quelques temps. Oui, je vais annoncer publiquement ma démission, et ça va faire baisser le prix des actions. On achètera des parts de l'entreprise sous couvert d'une compagnie pétrolière et on revendra ces parts quand les prix remonteront en flèche. Et nous passerons une vie paisible au Luxembourg.

Elle écarquilla les yeux. Il volait dans les comptes de l'entreprise avec l'intention de se faire attraper ?

— Mon fils prendra la direction de l'entreprise, ajouta Spencer. Laisse-lui gérer les employés mécontents.

Spencer sortit soudainement de son bureau, dans le couloir.

— Franchement, Stacey, c'est comme si je ne t'avais jamais expliqué ça. Concentre-toi, un peu.

Elle jeta un œil à travers la porte entrebâillée. Spencer descendait le grand escalier, il se dirigeait quelque part. Elle s'appuya contre le carrelage du mur dans le noir, à bout de souffle. Elle regarda ses mains, et malgré l'obscurité, elle savait qu'elles tremblaient.

Il fallait qu'elle agisse, qu'elle dise à Erika ce qu'elle venait de découvrir. Erika saurait quoi faire et comment vérifier ce que Spencer venait de dire.

Elle attrapa son portable dans sa poche et s'assit pour envoyer un message à Erika. Elle étala les quelques détails qu'elle venait d'entendre en plusieurs messages, avant de les envoyer.

Elle s'assit à côté du lavabo et attendit qu'Erika réponde. Elle ne dut pas attendre longtemps.

Putain de merde. J'arrive pas à croire qu'il ait dit ça alors que tu l'espionnais, répondit Erika. Puis elle reçut un nouveau message. *Il nous faut des preuves, des preuves matérielles.*

Je suis d'accord, répondit Cameron. *Je ne sais juste pas quoi dire à Smith.*

Quoi ? Non, non, non ! Tu ne dois rien dire à Smith avant que l'on soit prêts à publier. Essaie de trouver des preuves incriminantes ! répondit sa supérieure.

Cam se mordit la lèvre, et glissa son téléphone dans sa poche. Si Spencer était suffisamment téméraire pour parler de son plan au téléphone, il devait y avoir des preuves dans son bureau.

Elle sortit dans le couloir, s'assurant qu'il n'y ait personne aux alentours. Elle rentra dans le bureau de Spencer sur la pointe des pieds, attrapa des documents posés sur son bureau et les feuilleta, mais ce n'étaient que de simples prévisions de ventes.

Sans quitter la porte des yeux, Cameron ouvrit les tiroirs

du bureau et fouilla dans les papiers qu'elle y trouva. La plupart étaient de simples mémos des comptables ou des prévisions de vente.

Dans le second tiroir, elle trouva finalement ce qu'elle cherchait. La feuille était en haut de la pile, et marquée du sceau des transferts de comptes. Elle était datée d'hier. On pouvait lire sur la gauche une liste des comptes de l'entreprise, et la plupart augmentaient ou diminuaient très légèrement leur solde. Mais la preuve en elle-même était sur la partie droite de la page.

À côté du compte appelé « Caisse de Retraite des Employés » figurait un nombre astronomique. Au fur et à mesure des opérations, il ne restait plus rien. Son solde diminuait, pour finir par atteindre moins de mille dollars. La signature de Spencer figurait en bas de page, le trait large.

— Non, impossible, dit-elle en secouant la tête. Ce devait être le document dont il avait parlé à Stacey, la raison pour laquelle elle devait le couvrir. Son cœur se mit à battre deux fois plus vite, maintenant qu'elle se rendait compte que Spencer était si peu précautionneux à propos de son détournement de fonds.

Elle plia plusieurs documents et les rangea dans son soutien-gorge, puis ferma le tiroir et se glissa hors du bureau de Spencer. Elle se dirigea vers sa chambre, le sang battant dans ses tempes.

Lorsqu'elle y arriva, elle ferma la porte à clef et s'effondra sur le lit. Elle n'arrivait pas à y croire. Elle venait de trouver des preuves réelles que Spencer Calloway était corrompu...

Et elle ne pouvait pas en parler à Smith, la personne qui méritait plus que quiconque de savoir. Elle sortit les feuilles pliées de son soutien-gorge, mais ne put les regarder.

Aurait-elle le cran d'appuyer sur la gâchette ?

D'un autre côté, aurait-elle le cran de ne pas appuyer dessus ?

17

Cameron s'enfonça dans son siège, regardant Smith entre ses paupières quasiment closes tandis qu'il la reconduisait en ville. Il était silencieux, concentré sur la route. Elle était supposée dormir, mais quand ils étaient arrivés en ville, les lumières l'avaient réveillée.

Ils ne devaient plus être très loin de leur destination, si elle se basait sur le fait qu'elle s'était réveillée quinze minutes auparavant. Elle regarda son visage, se demandant ce à quoi il pouvait bien penser.

La Tesla ralentit avant de tourner à droite pour entrer sur le parking, au pied du bâtiment.

— Hé, dit-il. On est arrivés chez moi. J'espère que tu ne m'en veux pas.

— Non, c'est bon, dit-elle en posant la tête contre son siège. On s'arrête ici, du coup ?

— Je pensais qu'on pourrait passer la nuit ici, répondit-il en détournant le regard.

Passer la nuit à son appartement n'était pas une requête

si dénuée de sens que ça, mais elle ne s'y attendait tout simplement pas.

— Oh, euh... D'accord.

— Tu es sûre ? s'assura-t-il en fronçant les sourcils.

— Je te le dirais si je ne l'étais pas.

— Comme tu veux, dit-il en garant la voiture. Et bien montons, alors.

Elle sortit et regarda autour d'elle. Elle se trouvait dans un parking souterrain, gris et sombre. Plusieurs voitures de luxe étaient garées là. Smith ouvrit le coffre et en sortit leurs sacs avant de se diriger vers l'ascenseur.

Cameron lui emboîta le pas. Il lui adressa un sourire en montant dans l'ascenseur qui les conduisit au dernier étage. Elle s'aperçut qu'elle venait de passer de longues secondes à le fixer, à contempler son corps mis en valeur par son T-shirt et son jean noir. Elle rougit en se disant qu'il était vraiment bien foutu, et qu'il n'avait pas besoin de faire d'efforts pour que ça se voit.

Elle était capable de distinguer précisément les traits de ses muscles sous sa peau à travers le T-shirt, et cette vision la tourmentait. L'ascenseur s'arrêta, et les portes s'ouvrirent.

— Après toi, l'invita-t-il d'un geste de la main.

— Merci, répondit-elle en avançant dans le couloir blanc.

Elle s'attendait à devoir remonter tout le couloir jusqu'à trouver une porte en acier.

Il la dépassa pour aller se poster devant la première porte, devant laquelle il lâcha les valises. Il enfonça sa clef dans la serrure et déverrouilla la porte.

— Les dames d'abord.

Elle sourit et entra. Elle ne savait pas vraiment à quoi s'attendre, mais elle avait imaginé une pièce austère. Pourtant l'appartement de Smith était tout sauf austère. Les longs planchers d'ébène contrastaient avec les murs blancs et les grandes fenêtres mettaient en valeur les œuvres d'art colorées accrochées aux murs.

Ils arrivèrent dans la cuisine, meublée elle aussi de blanc et de noir, et d'un plan de travail en acier immaculé.

—Wow, ça a vraiment de la gueule ici, apprécia-t-elle.

— Je ferai savoir à l'architecte que tu as apprécié, répondit-il en rentrant les bagages.

Elle le regarda et vit une touche d'humour pétiller dans ses yeux, ce qui la fit se renfrogner.

— Je ne vis pas dans un endroit comme celui-là, remarqua-t-elle. Tout le monde n'a pas les moyens de se payer ce genre de luxe.

— Je sais, désolé. Viens, je te fais visiter, s'excusa-t-il avec regret.

Elle se laissa tirer par la main à contrecœur à travers le salon, la salle de sport, le bureau, la chambre d'amis et sa propre chambre.

— J'ai gardé le meilleur pour la fin.

Sa chambre lui ressemblait. Elle était noire et bleue marine. Le lit était d'un blanc immaculé et il n'y avait pas le moindre pli dessus. Elle se demanda quand il avait été utilisé pour la dernière fois.

— Ça te... ressemble bien, dit-elle en cherchant ses mots. De superbes livres reposaient sur les étagères d'une grande armoire. À gauche de cette armoire, accroché au mur, se trouvait un petit Renoir.

Elle faillit demander si c'était un original, puis y réfléchit davantage. Ça ne l'avancerait à rien de le savoir et elle n'en dormirait pas mieux la nuit.

— Tu aimes Michael Chabon ? demanda-t-elle en reportant son attention sur l'armoire.

— Oui, j'ai lu pas mal de ses bouquins pendant mes études.

Smith quitta ses bottes et s'assit sur son lit, puis il tendit la main et ouvrit le tiroir de sa table de nuit. Il fouilla dedans quelques instants et en sortit une clef électronique sous forme de carte.

Il la tendit à Cameron.

—Euh, c'est pour moi ? Pour que je puisse entrer quand bon me semble ?

— C'est pour toi, confirma-t-il. En cas d'urgence.

— Est-ce que tu en donnes une à chacune de tes assistantes de direction ? lui lança-t-elle en souriant.

Il la regarda de haut en bas. Elle se sentit rougir, timide. Elle aurait peut-être dû enfiler quelque chose de plus couvrant que la petite robe en coton qu'elle avait sur elle. Il prit ses mains lorsqu'elle voulut se couvrir, et la tira doucement vers lui, la faisant tomber sur ses genoux.

Son teint vira au rouge pivoine. Assise ainsi sur lui, il lui était impossible de ne pas sentir son érection.

Certainement pas, la réconforta-t-il. Smith passa une main dans les cheveux de Cameron et l'attira contre lui pour l'embrasser.

Elle répondit par un doux baiser, goûtant ainsi la chaleur irradiant de son corps. Il descendit l'embrasser dans le cou, ce qui la fit frissonner de plaisir, avant de pincer un de ses seins. Son corps brûlait de désir, l'incendie continuant sa route vers le bas de son corps.

Ses lèvres tremblèrent à la recherche de celles de Smith. Elle avait désespérément besoin de lui et de ses caresses attentionnées. Il prit une longue inspiration quand elle fit descendre sa main entre leur corps.

— Pas si vite, dit-il en la repoussant tendrement. Je voudrais d'abord que tu te décales et que tu te déshabilles.

Elle se mordit la lèvre inférieure en descendant sur ses genoux. Il enleva sa main des cheveux de Cameron et se leva.

— Rappelle-toi, nue. Et sur le bord du lit. Je reviens tout de suite.

Il disparut, la laissant se déshabiller. Elle quitta sa robe et l'envoya valser dans un coin de la pièce, d'un coup, ses pieds toujours prisonniers de ses talons aiguilles. Elle hésita un instant avant de dégrafer son soutien-gorge et de l'enlever. Elle attendit un court instant pour voir si Smith revenait, mais ce ne fut pas le cas.

Elle fit glisser son petit tanga le long de ses jambes et le retira. Puis, Cameron décida de s'asseoir sur le bord du lit, comme il lui avait demandé.

Smith revint à ce moment-là, une glace à l'eau à la main. Elle fut surprise de voir qu'il tenait aussi un concombre.

— Euh... Un concombre ? demanda-t-elle.

L'idée même d'utiliser un concombre la fit se tortiller. Que pouvait-il bien avoir derrière la tête ?

Un grand sourire se dessina sur son visage. Smith jeta le concombre sur le lit, puis quitta son T-shirt. Il regarda d'un air appréciateur le corps nu de Cameron, focalisant son attention sur ses tétons dressés, en alerte.

— C'est pas pour tout de suite, ne t'en fais pas, lui assura-t-il en prenant place entre ses jambes. Laisse-toi faire, Cameron.

Il déballa la glace, découvrant ainsi sa couleur. Elle était d'un orange jaunâtre, et après l'avoir goûtée, il la donna à Cameron. Elle avait un goût léger et sucré.

Il reprit la glace et se mit à genoux devant elle, la glace à la bouche. Elle ne pouvait pas s'empêcher de contempler la manière dont sa gorge et ses lèvres bougeaient autour de cette glace.

— Elle est bonne, dit-il avec ses yeux sombres. Mais pas aussi bonne que toi.

Il l'embrassa, et le goût fruité de la glace se répandit sur sa langue. Il rompit le baiser, et passa le bout de la glace contre les seins de Cameron. Le contact froid de la glace laissa bientôt place à la chaleur de sa bouche, quand il se décida à utiliser sa langue.

Elle gémit et se cambra, mettant ainsi en avant ses seins. Ces sensations de chaud et de froid s'opposaient, ce qui provoquait en elle des frissons. Elle sentit la chair de poule la traverser. Ses sens étaient bien plus aiguisés quand il écorcha son téton du bout des dents.

Elle s'entendit gémir et il la poussa contre le lit. Il fit descendre la glace plus bas sur le corps de Cameron qui se cambra une nouvelle fois. Mais Smith décida de ce moment pour s'arrêter.

— Tu n'as plus le droit de bouger. Je ne veux plus entendre le moindre son non plus, sinon, je m'arrête. Est-ce que tu comprends ?

Saturée d'envie de sexe, elle se redressa et le dévisagea comme une idiote.

— N'ai-je pas été suffisamment clair ?

— Non, c'est bon, répondit-elle. Tu es très clair.

— Bien. À partir de maintenant, je veux pouvoir entendre une mouche voler.

Il la repoussa contre le lit et déposa un bisou contre sa

cuisse. Elle dut se cramponner aux draps pour ne pas frétiller ou gémir.

La glace passa dans son nombril, suivie de près par sa langue. Puis toutes deux glissèrent sur sa hanche, et entre ses jambes. Lorsque la glace entra en contact avec son clitoris, elle n'avait qu'une envie, crier. Elle n'avait plus qu'un but en tête : jouir.

Le contact de la glace disparut. Il connaissait son corps, il savait qu'elle était sur le point de jouir. Il prit son temps et lécha doucement son clitoris, le suçant doucement de temps à autre. Elle haletait et fit tout son possible pour ne pas le supplier de toute la force de ses poumons de lui donner un orgasme.

Il s'arrêta une seconde et elle laissa échapper un couinement. Il tendit la main et attrapa le concombre, et avant qu'elle ne puisse protester, sa langue se remit à dessiner des cercles lents sur le clitoris de Cameron.

Elle avait désespérément besoin de lui, désespérément besoin de jouir. Il en prenait pleinement avantage, frottant doucement le concombre contre ses lèvres inférieures. Elle laissa échapper un son, une sorte de râle, et il s'éloigna instantanément.

Bordel, elle avait vraiment besoin de jouir. Elle pouvait sentir son corps supplier Smith de la prendre, et elle pouvait sentir qu'elle trempait les draps. Elle ferma la bouche et redevint immobile, voulant que Smith continue.

Le concombre reprit sa place contre ses lèvres, entre ses jambes. Elle était si trempée qu'il entra partiellement en elle sans la moindre résistance. La pression qu'il exerçait en elle était délicieuse, comparable à celle d'un godemichet.

Il le retira et embrassa à nouveau le clitoris tendu. Elle ne put garder le silence plus longtemps et un grognement de plaisir lui échappa. Il ne s'arrêta pas, ce coup-ci, mais remit le concombre en elle sans cesser de lécher son petit bouton.

Elle serra les draps de plus belle, se sentant défaillir. Elle savait qu'elle jouirait bientôt, et elle sentit ses jambes trembler lorsque sa langue se remit à bouger contre sa chatte. Se faisant, il sortit doucement le concombre d'elle et le plaça contre son cul.

Elle fut suffisamment surprise pour laisser échapper un couinement, mais heureusement pour elle, il ne s'arrêta pas cette fois non plus. Il intensifia ses mouvements de langue et appuya doucement le concombre contre son derrière.

C'était trop pour Cameron, qui leva les yeux et fut prise de spasmes. Elle était ravie, mais alors que la pression retombait, Smith se prépara pour la suite des réjouissances. Il quitta son jean, une expression intense gravée sur le visage.

Il se leva, laissant le concombre sur le lit. Il retourna Cameron, l'installant à quatre pattes, et lui donna une fessée.

— Je veux te prendre comme ça, murmura-t-il. Sans rien entre nous.

— Je prends la pilule, répondit-elle dans un sourire séducteur. Je n'ai jamais... fait ça sans protection, mais il ne m'arrivera rien.

Smith grogna d'excitation. Il écarta les cuisses de sa partenaire et appuya sa virilité contre sa chatte. Il se sentait si imposant dans cette position, si grand et puissant.

Il s'enduisit de son excitation et enfonça la moitié de sa longueur en elle. Ils gémirent tous deux de plaisir. Smith enroula ensuite les cheveux roux autour de son poing, se retira lentement de Cameron pour mieux s'y enfoncer dans un grand coup de reins.

Elle cria, à la frontière du plaisir et de la douleur. Il était énorme, il la remplissait et touchait tous les endroits sensibles en elle.

Il la prit par la taille et commença à aller et venir en elle doucement. Elle frémit de plaisir quand il la remplit à nouveau, encore et encore. Smith accéléra légèrement l'allure, tirant sur ses cheveux et la baisant plus fort.

Elle gémit, sentant chaque centimètre de sa queue en elle. Il changea légèrement sa position et atteint son point G.

— Oh, ouais, juste là ! cria-t-elle.

— T'aimes ça ? grogna-t-il. Je veux que tu jouisses. Je veux te sentir fondre au bout de ma queue.

Elle gémit de plaisir alors qu'il cognait sur son point G encore et encore, ses coups de bassin se faisant de plus en plus rapides. Tout en elle se resserra.

— Oh mon dieu... mon dieu, Smith, je jouis ! cria-t-elle en s'accrochant à la bite en elle. Elle eut l'impression d'exploser, et elle leva à nouveau les yeux au ciel.

Il grogna en jouissant au fond d'elle dans un coup de reins final. Il relâcha la pression qu'il exerçait sur les cheveux de Cameron et se pencha pour l'embrasser dans le dos. Elle s'effondra sur le lit avec un rire étouffé.

Il se retira, s'effondrant à son tour à côté d'elle. Cameron rejeta ses cheveux derrière ses épaules et roula pour lui faire face. Il prit sa main et la porta à ses lèvres, déposant un baiser sur le dos de ses phalanges.

— Merde... C'était... wow. Tu as failli me faire fondre, ce coup-ci.

Elle rit et hocha la tête, puis remonta la couverture sur

leurs peaux qui brillaient d'une fine pellicule de sueur. Il déposa un baiser sur ses lèvres puis se leva.

— J'aurais pensé que toi aussi, tu aurais les jambes en coton, constata-t-elle en s'enfonçant encore plus sous la couette.

— Je n'ai pas ouvert ma boîte mail depuis ce matin, répondit-il en souriant. Laisse-moi le temps d'attraper mon ordinateur portable, et je serai ton nounours rembourré en coton si tu veux.

— D'accord, comme tu voudras, dit-elle en lui faisant un signe de la main.

Il disparut et revint quelques instants plus tard avec son ordinateur portable. Elle le regarda s'installer à ses côtés. Il lui adressa un sourire, puis se plongea dans son travail, ses cheveux noirs tombant sur ses sourcils froncés.

Elle sourit et ferma les yeux, se relaxant pour la première fois depuis un bon moment. Elle s'assoupit et fut réveillée par un grognement de désapprobation.

— Hein ? se réveilla-t-elle.

— C'est juste que j'ai reçu une tonne de mails de la part du département comptabilité, constata-t-il en faisant défiler les courriels. Ils essaient de suivre une piste sur des transferts d'argent au sein de l'entreprise. Il y a eu plusieurs centaines de transactions.

Cette déclaration fit l'effet d'une douche froide à Cameron, qui se redressa et ouvrit des yeux ronds. Elle s'était demandée quand il s'en apercevrait, mais elle ne pensait pas être dans les parages quand ce serait le cas.

— Euh... balbultia-t-elle. Quoi ?

— Du coup, j'ai enquêté sur les gros bonnets de l'entreprise, histoire de trouver qui se sert dans les coffres de la boîte. Ce que je vois là confirme qu'il s'agit de l'un des membres du top cinq des gens importants. Ce sont les seuls à avoir l'accès à autant d'argent.

Cameron resta silencieuse, se demandant si le laisser découvrir le coupable de par lui-même était une meilleure idée. Il soupira, rabattit le capot de son ordinateur et le laissa sur la table de nuit.

— Le truc bizarre, c'est que même s'il y a eu des centaines de micro-transactions, il y a toujours autant d'argent sur les comptes de l'entreprise.

— C'est étrange, en effet, répondit-elle en s'enfonçant sous la couverture.

— Désolé, je sais que tu étais en train de dormir. Je m'inquiéterai de tout ça demain. C'est pas comme si tu allais en parler à quelqu'un, de toute façon.

Ses yeux pétillaient d'humour, et il s'allongea enfin, se couchant sous la couette.

Cameron déglutit.

— Bah euh, non ? couina-t-elle.

Il l'embrassa sur la bouche et se tourna pour éteindre sa lampe de chevet. Il se tourna ensuite vers Cameron, passa un bras autour de sa taille et l'attira contre lui.

— Bonne nuit, lui souhaita-t-il.

— Bonne nuit, répondit-elle d'un ton ensommeillé.

Elle l'écouta s'endormir, rongée par la culpabilité. Elle ferma finalement les yeux, priant pour trouver le sommeil.

18

Cameron entra dans le café, jetant un regard par-dessus son épaule pour vérifier qu'elle n'était pas suivie. Il n'y avait personne sur le parking. Elle prit donc le luxe d'enlever ses lunettes de soleil disproportionnées. Il y avait quelques clients assis dans la salle, et deux serveuses qui s'ennuyaient derrière le bar.

— Cameron ! l'appela Erika. Par ici !

Cam repéra Erika, assise au fond du café, et se dirigea vers elle.

— Salut, la salua-t-elle. Elle sourit en voyant qu'elle portait un pantalon de yoga, et un débardeur moulant qui mettaient en avant ses cheveux blonds, attachés en chignon haut. Erika était quelqu'un qui accordait plus d'attention à son travail qu'aux conventions sociales.

C'était une des raisons pour lesquelles Cameron l'appréciait tant.

— Qu'est-ce que tu as pour moi ? demanda-t-elle alors que Cameron s'asseyait.

— Je pense que tu peux appeler ça des preuves super incriminantes.

— C'est du moins ce que tu en as dit quand on en a parlé au téléphone.

Cameron attrapa son sac et hésita un instant à prendre les documents qu'elle avait volés dans le bureau de Spencer. Si elle les donnait à sa supérieure, alors tout serait fini. Le journal ferait un scoop, Smith serait ruiné, et Cameron devrait ramasser les morceaux.

—Alors, qu'est-ce que tu m'apportes ? demanda Erika. Les éditeurs sont après moi.

— Et bien... J'ai des preuves, mais je ne les ai pas emmenées avec moi.

Erika haussa les sourcils.

— Vraiment ?

— Je ne suis pas prête à mettre fin à la mission. Je ne suis pas entièrement convaincue que Spencer Calloway ne sache pas que j'enquête sur lui. J'essaie toujours de voir clair dans son jeu.

— Oui, mais tu as des preuves, non ?

—J'ai une liste de transactions. C'est une liste du solde de certains comptes et le document montre que quelqu'un s'est servi dans la caisse de retraite des employés jusqu'à ce qu'il ne reste plus qu'un millier de dollars. J'ai aussi surpris une conversation de Spencer Calloway qui disait qu'il comptait assurer ses arrières et laisser son fils gérer le merdier derrière lui.

— Où as-tu entendu ça ?

— Nous étions à leur manoir familial. Calloway fils n'est pas au courant, dieu merci. Spencer Calloway est cependant resté assez vague sur le sujet, puisqu'il était au téléphone et qu'il s'agit d'une affaire... *sensible*.

— Je vois... dit Erika. C'est couillu. Et ça pue la corruption à plein nez.

— C'est suffisant ? Pour publier, je veux dire.

— Il y a de la matière à travailler. Une de ces preuves est pleine de nombres à rallonge, et ça risque d'être un enfer de pondre un scoop juste à propos de ça. Mais si tu peux trouver quoi que ce soit pour appuyer ce document... Je pense qu'il faut autre chose, ajouta-t-elle en secouant la main. Un mémo, un mail, quelque chose qui viendra corroborer ton témoignage.

— Corroborer ? Tu as dit que les éditeurs me croyaient. Tu as dit qu'ils avaient confiance en moi et en mes résultats.

— Ils ont confiance. C'est juste que...

Erika marqua une pause. Quelque chose dans son expression blessa Cameron au fond d'elle-même.

— C'est juste qu'ils ne savent pas vraiment que tu es en mission chez Calloway.

Le cœur de Cameron s'arrêta de battre un instant.

— De quoi ? C'est quoi ces conneries ?

— Ils pensent juste que tu as des taupes dans l'entreprise. Ton investissement... Ils ne savent pas que tu es sous couverture, concrètement.

Cameron en resta bouche-bée. Elle était en état de choc. Elle resta assise là, les mains sur les genoux, sans parvenir à articuler le moindre mot.

— Oh, je t'en prie, ne fais pas cette tête, dit Erika. Je vais leur dire. Il va falloir leur dire, si on veut que tu aies ta part de bénéfices dans cette affaire.

— Tu ne leur as rien dit ? Où pensent-ils que je suis passée depuis tout ce temps ? s'enquit Cameron, inquiète.

— Comment dire... Je leur ai peut-être laissé entendre

que tu avais arrêté de venir travailler et que j'avais dû te virer.

Cam sentit soudain sa respiration se débloquer, comme si quelqu'un venait de cesser de l'étrangler.

— Espèce de... *connasse* !

Les traits d'Erika s'affaissèrent, une expression froide s'empara d'elle.

— Concrètement, je tiens en mon pouvoir ta carrière au Daily News. Donc tu ferais mieux de te dépêcher de trouver de quoi corroborer tes preuves, et plus vite que ça. Je te donne une semaine de plus, conclut-elle en se levant et en attrapant sa valise.

— Mais mes preuves ne sont pas en ta possession, sa lamenta Cameron en essayant de se défendre.

— Non, mais tu m'as dévoilée leur nature. J'ai d'autres sources qui travaillent chez Calloway Corp. Je peux leur demander de faire des copies de n'importe quoi.

— Pourquoi m'avoir assigné à cette tâche, alors ? demanda Cameron en élevant la voix.

— Il fallait que je puisse pousser quelqu'un à prendre des risques. Je t'offre ce que tu veux, si tu me ramènes des preuves tangibles, tu reviendras au journal en héroïne. Alors arrête de chialer et bouge-toi le cul.

Erika tourna les talons et sortit du café. Cam resta figée et la regarda partir sans arriver à en croire ses oreilles. Elle ne bossait même plus pour le journal ? Elle serra les poings.

Elle était dans une colère noire, bien évidemment. Erika avait tout manigancé. Elle ne pouvait plus revenir en arrière. Elle devait apporter des preuves, ou elle devrait se chercher un nouveau travail.

L'espace d'un instant, Cameron se dit qu'elle pourrait garder son travail d'assistante de direction, mais elle se rendit vite compte qu'il y avait un problème. Si Erika glissait un mot à son employeur, ou si quelqu'un creusait un peu trop profondément dans son faux passé, Smith découvrirait le pot aux roses. Non seulement elle avait menti à propos d'elle-même, mais elle avait parlé de documents top-secrets alors qu'elle couchait avec lui.

Elle était vraiment foutue.

Cameron baissa la tête et sortit du café, la tête basse. Elle mit la main dans son sac, se figeant jusqu'à trouver son petit collier. Elle le serra dans son poing en fermant les yeux, priant pour qu'il lui apporte des réponses.

Elle rentra chez elle à pied, pensive. En arrivant au dernier carrefour qui la séparait de chez elle, elle se rendit compte que ses pieds étaient en feu. Elle venait de marcher près de douze pâtés de maisons en talons.

Elle remonta l'allée conduisant à son studio, et elle le vit. Smith était assis sur une marche, occupé à l'attendre.

— Euh, salut, parvint-elle à articuler malgré sa voix étouffée. Elle laissa retomber le médaillon dans son sac.

— Coucou, répondit-il en se levant.

Il leva une main qui tenait un sac plastique estampillé d'une épicerie en bas de la rue.

— Je nous ai acheté du vin. J'ai pensé que tu voudrais passer une bonne nuit bien reposante... Après avoir fait l'amour comme des bêtes.

Il était si craquant, dans sa tenue décontractée. Le t-shirt sombre et le jean lui allaient si bien qu'il la faisait craquer instantanément. Il agita le sac, faisant tinter les bouteilles entre elles et leva un sourcil en formulant une question silencieuse.

Jamais elle n'aurait pu dire non à une si délicate attention, même si elle savait au fond d'elle-même que chaque minute passée en compagnie de Smith creusait un peu plus sa propre tombe.

— Allez, entre, dit-elle en sortant ses clefs. Je ne voudrais pas gâcher du bon vin.

Il esquissa un demi-sourire. Elle se plut à imaginer toutes les choses merveilleuses et cochonnes qu'il lui ferait connaître avec sa bouche.

Elle le conduisit dans le studio, posa son sac et se débarrassa de ses talons. Il se mit à l'aise, fouillant dans les placards de la cuisine pour en sortir deux verres à vin.

Cameron se laissa tomber dans le canapé en forme de L, le regardant ouvrir la bouteille et remplir les verres du liquide écarlate.

— Voici, dit-il en posant un verre à côté d'elle.

— Merci bien.

Cameron prit une longue gorgée et regarda son patron en faire autant. Il s'étala à son tour sur le canapé, et elle se dit que c'était peut-être l'un des signes les plus accentués de sa virilité. Il s'accaparait tant d'espace sans même s'en rendre compte.

Elle regarda ses doigts épais, noués autour du verre de vin, ce qui lui rappela le plaisir qu'il lui avait procuré en les enfonçant en elle pendant l'acte.

— Quoi, qu'est-ce qu'il y a, j'ai un truc sur la figure ? demanda-t-il

— Je... commença-t-elle, avant de se raviser en rougissant. Non, rien.

— Hum. De quoi parlent les gens normaux autour d'un verre de vin, d'habitude ?

— Je ne saurais pas te dire.

— Et si on commençait simplement par... Comment s'est passé ta journée ? s'enquit-il avec sourire.

Cameron cligna des yeux, et se rendit compte qu'elle ne pouvait pas lui parler de cette après-midi.

— Beurk, choisit-elle de répondre.

Il posa son verre et prit les pieds nus de Cameron sur ses genoux. Il commença à en masser un, appuyant ses pouces sur la plante de ses pieds. C'était si bon qu'elle manqua de fondre dans le canapé.

— J'ai pas l'habitude de faire ça. Je fais ce que je peux, mais je ne sais pas si ça marche. Est-ce que ça fait du bien ?

— Huuum... oui, s'extasia-t-elle en guise de réponse.

Elle s'allongea sur les coussins, le laissant prendre soin d'elle en fermant les yeux. Elle se demanda ce qu'il savait des manigances de son père, et même s'il était au courant de celles-ci.

— Tu as trouvé où était passé l'argent déplacé ? Je veux dire, l'argent dont tu as parlé hier soir.

Il fronça les sourcils, mais continua de la masser.

— Non, sa position actuelle reste à déterminer. La prochaine étape, c'est de faire appel à des comptables indépendants, des gens qui ne sont pas liés à l'entreprise. Je dois court-circuiter mon père.

Elle hocha la tête et garda une expression neutre.

—Tu penses qu'il t'en donnera la permission ?

— Pourquoi me l'interdirait-il ? demanda Smith en réponse.

— Il a peut-être des secrets qu'il veut garder pour lui, répondit-elle en faisant l'idiote.

— Comme quoi ? Ce vieux grigou a beau aimer les voitures de course, les yachts et les femmes, il en a déjà assez. Non, la vraie question, c'est pourquoi on parle boulot ?

Il sourit lascivement, faisant comprendre à Cameron ce qu'il avait derrière la tête.

— Tu as un meilleur sujet ?

— Hum, ai-je un meilleur sujet ? répéta Smith en reposant le pied de Cam afin de s'approcher d'elle. Laisse-moi réfléchir une seconde...

Smith écarta les bouclettes rousses d'un revers de la main et la couvrit de baisers brûlants dans le cou. Elle gémit, laissant sa voix s'exprimer et perdant toute capacité à réfléchir.

Elle l'attira contre lui, sachant que son secret pouvait être révélé à n'importe quel moment. Elle savait que d'un moment à l'autre, Smith saurait à propos de son père, et il ne tarderait pas à apprendre son secret, à elle aussi.

Elle l'embrassa plus profondément encore, alors que dehors, la pluie se mettait à battre sur les carreaux. Peut-être que si elle priait suffisamment, cette pluie la laverait de ses péchés...

19

Cameron se réveilla le matin suivant dans les bras de Smith. Elle avait connu des réveils moins agréables que celui-là. Elle vérifia son téléphone. *Merde.* Il était dix heures du matin, et elle avait promis à des amies de les retrouver pour le déjeuner à onze heures.

Cam secoua doucement Smith pour le réveiller.

— Quoi ? demanda-t-il en se massant les tempes, toujours endormi.

— Smith ! Tu peux me déposer quelque part ? Je n'arriverai jamais à l'heure avec les transports en commun.

Smith l'embrassa, puis mit un doigt devant sa bouche et ferma à nouveau les yeux.

Cette réaction arracha un rire à Cameron, qui le pressa :

— Oh non, tu ne vas pas te rendormir comme ça.

— Appelle mon chauffeur, dit-il en ouvrant un œil.

— Pour qu'il me conduise à un déjeuner entre filles ?

— Je lui dirai que c'est d'accord, dit-il en lui tournant le dos.

Cam soupira. Elle fit semblant de décrocher un téléphone avec sa main.

— Allô ? Ouais, je voudrais une voiture. Mon patron, à poil dans mon plumard, dit qu'il est d'accord.

— Bon, d'accord, tu as gagné, dit-il en s'asseyant. Où est-ce que tu dois aller ?

Cameron sourit.

Trente minutes plus tard, Smith arrêta sa voiture devant le restaurant. Cameron en sortit, mais il la retint pour lui voler un baiser.

— C'est le moins que tu puisses faire, vu que tu ne me laisseras pas de pourboire pour le trajet, murmura-t-il.

Elle sortit de la voiture en souriant. Elle réajusta son haut et passa une main dans ses cheveux, toujours le sourire aux lèvres. Elle remarqua ses amies qui l'attendaient à une table en terrasse.

Et merde. Elles avaient tout vu. Et Liz était là, en plus.

Liz était plus entraînée qu'un chien de chasse. Elle était capable de détecter les sentiments des gens. Elle avait tellement bonne intuition que c'était parfois effrayant. Cam croisa le regard de ses amies en marchant vers elles.

Liz était déjà sur sa piste.

Cam leva les mains dans un avertissement silencieux en s'asseyant.

— Est-ce que je peux au moins commander à boire avant que vous ne m'étouffiez avec vos questions ?

— Non ! répondirent ses amies à l'unisson.

Liz fit glisser son verre devant Cameron, et posa sa première question. Cameron prit une gorgée pour essayer de gagner du temps.

— Voilà. Dis-nous, maintenant, qui c'était ?

— Hum, c'est délicieux ! Il y a quoi là-dedans ?

— C'est une infusion de mimosa fermenté et c'est dégueulasse, répondit Liz en levant les yeux au ciel. Qui c'était ?

— C'est juste un mec avec qui j'ai couché. Il a passé la nuit chez moi, on a dormi trop longtemps, et il m'a déposée pour que je ne sois pas en retard. Rien de bien extraordinaire.

À la grande surprise de Cameron, Liz hocha la tête et laissa tomber le sujet. Elles commencèrent à papoter, échangeant sur des sujets sans intérêt en épluchant le menu. Cameron commanda un burger, et quand il arriva à table, Liz sauta sur l'occasion.

— Tu as un sacré appétit, c'est un gros morceau.

Elle adressa un signe de tête aux autres filles, qui prirent le relais.

— Où l'as-tu rencontré ?

— Au lit, il est comment ?

— Il conduisait vraiment une Tesla ?

— Pourquoi ça vous fascine tant que ça ? rétorqua Cameron, sur la défensive.

Liz échangea un regard avec les autres filles.

—Vraiment ? Bon. Premièrement, tu es resplendissante. Deuxièmement, on l'a vu te tirer vers lui pour avoir un baiser. Troisièmement, ton type de coup d'un soir, d'habitude, c'est plutôt les photographes de ton boulot qui prennent en photo des pigeons qui font caca pendant leur temps libre, pas des hommes d'affaire en costume hors de prix.

— Vous n'avez pas *pu* voir le prix du costume qu'il portait, rit Cameron.

— Oh, et puis, quatrièmement, tu as l'air heureuse. Genre, vraiment heureuse.

Liz prit une poignée de frites dans l'assiette de Cameron et les pointa vers elle d'un air accusateur.

— Rebecca a raison. Tu as l'air heureuse. C'est une sacrée preuve. Qu'as-tu à dire pour ta défense ?

Cam pencha la tête et murmura quelque chose. Ses amies s'approchèrent pour écouter.

— J'ai effectivement peut-être passé plus d'une soirée avec lui... Mais je vais mettre terme à notre relation dans pas longtemps. Ça ne marchera pas entre nous. Ou plutôt, ça ne peut juste pas fonctionner.

— Pourquoi ça ne pourrait pas marcher entre vous ? demanda Rebecca en lui prenant la main.

— J'écris un article sur sa famille, et il apprendra la vérité. Il va me détester pour ça, dit-elle en se retenant de pleurer. Il va vraiment me détester.

Liz plongea son regard dans le sien, puis sourit à Cameron et secoua la tête.

— Je ne pense pas. J'ai l'impression que tu es coincée à ses côtés, que tu le veuilles ou non. Alors, garde la patate et mange tes frites ! ajouta-t-elle en riant, ravie de la situation.

Juste à ce moment-là, le téléphone de Cameron se mit à vibrer. Elle lut le texto et se demanda encore une fois si son amie n'était pas une sorcière capable de lire l'avenir.

L'écran affichait un message de Smith :

— *J'ai besoin de te voir demain. Pas une histoire de boulot.*

Elle répondit :

— *On n'a qu'à aller faire un tour.*

20

— Où on va ? demanda Smith à Cameron pour la centième fois.

Cameron était au volant de la Tesla modèle X blanche de Smith. Ils étaient quelque part loin, à l'est de la ville, mais il ne savait pas où précisément. Il pouvait sentir l'odeur du sel dans l'air. Ils ne devaient pas être très loin de l'océan.

Il regarda par la fenêtre et plissa les yeux pour se protéger du soleil couchant. Le sol était devenu sableux au fur et à mesure qu'ils grimpaient une côte broussailleuse.

Il n'avait aucune idée d'où Cameron l'emmenait, et il détestait ça. Il soupira profondément.

— On est bientôt arrivés, lui promit-elle en le gratifiant d'un sourire.

Elle rejeta sa masse de cheveux roux en arrière. Elle portait un débardeur noir et un short en jean qui ne cachait presque rien. Il la regardait avec envie. Ces derniers temps, les moments où il ne pensait pas au sexe se faisaient rares, et Cameron hantait ses rêves.

Heureusement pour lui, il était suffisamment téméraire

pour faire de ses rêves une réalité. Il mit une main sur un genou dénudé, avant de la remonter doucement sur sa cuisse. Elle couina de surprise et s'en débarrassa d'un geste.

— Sois patient, on y est presque, dit-elle.

Il remit sa main sur l'intérieur de sa cuisse et se renfonça dans son siège, se contentant pour l'instant de tracer de petits cercles sur sa peau, du bout des doigts. Elle se mordit les lèvres, et il constata qu'elle rougissait.

Au moins, il lui faisait toujours de l'effet. Ce n'était que justice en comparaison du temps qu'elle passait à occuper ses pensées.

Elle quitta l'autoroute pour rejoindre une route sableuse. L'océan s'étendait devant eux, les vagues déferlant à quelques centaines de mètres d'eux. Elle s'arrêta devant un panneau affichant *Pointe du Hibou*.

— Nous y sommes, dit-elle en détachant sa ceinture. C'est l'endroit que je voulais te faire voir.

— La plage ? C'est toujours génial, mais il est pas un peu tard ?

— Tais-toi et suis-moi, d'accord ? lui intima-t-elle.

Ils sortirent de la voiture et elle en profita pour enlever ses chaussures. Elle l'enjoint à l'imiter.

— Je te promets que tu ne le regretteras pas, dit-elle en posant ses chaussures sur le toit de la voiture.

Il s'agenouilla et défit ses lacets, puis retira ses chaussures. Il roula ses chaussettes en boule et les rangea à l'intérieur de ses chaussures. Cameron était déjà partie sur le chemin qui menait à la plage, et il se mit à trottiner pour la rattraper.

Arrivée à la moitié du chemin qui les séparaient de l'eau, Cameron tendit la main sans se retourner. Smith arriva et la prit dans la sienne.

— Parfait. Assis-toi là.

— Juste là ? demanda-t-il en regardant autour de lui. T'es sûre de pas vouloir t'approcher un peu de... l'océan ?

— Non, juste ici, c'est parfait, répondit-elle en s'asseyant. Tu sais, j'ai grandi dans la ville par laquelle on est passée en arrivant. Dans un foyer collectif.

— Un foyer collectif ? demanda-t-il, et Cameron lui adressa un sourire tordu.

— C'est un peu comme un internat, sauf que tu n'as pas d'argent ou de famille vers qui te tourner. On pourrait appeler ça un orphelinat, en quelque sorte.

Il ne savait pas quoi dire devant cette déclaration au coucher de soleil.

— Oh, je suis désolé.

Cam haussa les épaules.

— En grandissant là-bas, je suis venue ici de nombreuses fois. C'était paisible. Je pouvais être seule. À la maison, il y avait toujours plein de bruit. Les enfants se battaient sans cesse... Une fois j'ai même vu des tortues de mer faire leur nid, juste là ! dit-elle en pointant du doigt une dune herbeuse derrière elle.

— Je crois que je n'en avais jamais parlé à personne, en fait. C'était un moment magique. Je ne voulais pas que les autres enfants se moquent de moi.

Smith pensa à la pagaille qu'il aurait semée en allant dans ce genre d'école. Les enfants étaient cruels, parfois au point de prendre un malin plaisir à manipuler leurs cadets.

— Ouais, je peux comprendre ça.

Ils restèrent assis ensemble un petit moment, regardant le disque d'or disparaître derrière l'horizon. Ils brisèrent le silence de conserve.

— Je voulais te montrer...

— Quand j'étais...

Ils partirent d'un rire franc, et Smith prit la parole.

— Toi d'abord.

— J'allais dire que je voulais juste te montrer un peu de mon enfance. Il n'y a pas grand-chose ici, mais c'est un endroit important pour moi.

— Je suis content que tu m'aies montré ce coin, Cam.

— Et toi, c'était comment ?

— Mon enfance ? Et bien euh... j'avais une famille, et j'étais loin d'être pauvre...

— Non, sans déconner ? se moqua Cameron.

— Si je devais décrire mon enfance, je dirais que j'étais seul. Ma mère nous a quittés quand j'avais dix ans, comme tu le sais. Mon père travaillait souvent en Amérique, il tenait les rênes de l'entreprise. J'ai donc principalement été élevé par des nourrices, jusqu'à ce qu'on m'envoie en internat. J'ai toujours été jaloux des enfants qui recevaient des cadeaux de leur famille, ou qui pouvaient rentrer chez eux pendant les vacances.

Cameron serra la main de Smith dans la sienne. Le soleil s'était couché et le fond de l'air devenait frais, ce qui fit frissonner Cameron.

— Allons-y, dit-elle, et Smith approuva.

En arrivant à la voiture, Smith prit une seconde pour vérifier ses e-mails. Il les parcourut brièvement, et apprit qu'il était question d'un problème dans les comptes de l'entreprise. Smith soupira. Quelques minutes auparavant, il était calme et ne pensait plus à rien, mais il pouvait à présent sentir le stress l'envahir à nouveau.

Le stress se fit de plus en plus présent au cours de la nuit. Cam dormait chez lui, mais il quitta le lit pour passer la nuit à éplucher des rapports financiers que lui envoyaient les responsables. Le contenu du mail précédent était juste, il y avait des erreurs dans certains documents. Maintenant qu'il les voyait, il se demanda comment il était passé à côté pendant tout ce temps.

Mais je peux me tromper. Et si j'étais juste parano ? Peut-être que ce sont juste des erreurs.

Incapable de tirer la situation au clair, Smith regroupa les différents documents et les empila sur son bureau, puis retourna se coucher à côté de Cameron. Il parlerait à son père demain, et il tirerait le fin mot de cette histoire.

Cam roula dans le lit. Elle pouvait pratiquement le *sentir* s'inquiéter.

— Quelque chose ne va pas ? s'enquit-elle.

— Je ne sais pas. Oui. J'ai trouvé des erreurs dans les comptes de l'entreprise. Je suis en train de me demander si les informations qu'on me fait parvenir sont bien les bonnes.

— Tu penses que quelqu'un joue sur plusieurs tableaux ? demanda-t-elle immédiatement, en alerte.

C'est peut-être l'information qu'il me faut pour finir mon article, songea-t-elle.

Les sourcils de Smith se dressèrent. Il était inquiet. Cameron était intelligente. Le fait qu'elle pense la même chose que lui ne fit que confirmer ses craintes. Quelque chose ne tournait pas rond.

— Je ne sais pas, conclut-il. Allons dormir. J'en saurai plus demain matin.

21

Lorsque tu reviendras de Tokyo, nous parlerons de si nous voulons publier cette histoire avec ta participation, ou sans. Je ne pense pas que ton nouveau patron apprécie d'apprendre que son assistante de direction travaille pour le Daily News.

Les mains tremblantes, Cameron effaça le message d'Erika. C'était le dernier d'une longue série de messages similaires depuis qu'elle était partie avec Smith pour une série de réunions.

Elle avait apparemment parlé de Cameron aux éditeurs, ce qui n'avait fait que renforcer le pouvoir qu'elle exerçait sur elle. En conséquence, elle avait arrêté de répondre à ses appels.

Ceci avait apparemment énervé Erika, qui avait décidé de lui envoyer en réponse un texte par heure, de nature menaçante. Cam soupira et regarda à travers le plafond de verre de leur hôtel. Tokyo était impressionnant de nuit, surtout après un dîner en tête à tête bien arrosé.

Elle contempla la lumière bleue des néons qui ornaient les panneaux publicitaires, et se demanda leur signification. Ils étaient tous écrit en japonais. Ça aurait aussi bien pu être du chinois, elle n'y aurait rien compris de plus.

— T'as pas froid ?

Cam se tourna vers Smith, allongé de l'autre côté du lit, vêtu seulement d'un caleçon. Elle remercia dieu intérieurement d'avoir créé une telle œuvre. Entre ses muscles et ses tatouages, elle ne savait pas où regarder.

À chaque fois qu'ils avaient du temps libre, ils le passaient l'un contre l'autre, à s'embrasser, ou l'un dans l'autre.

Elle sourit. Elle *avait* froid parce qu'elle ne portait qu'un t-shirt trop grand et sa culotte, mais elle en rit.

— Pas toi ? demanda-t-elle en se recouchant sur le lit.

— Ça dépend. Tu vas m'aider à me réchauffer, si j'ai froid ?

Il lui adressa son sourire ravageur, révélant ainsi ses fossettes qui la faisaient tant craquer. C'était comme la cerise sur le gâteau, la petite touche de perfection en plus sur une œuvre déjà sans pareil.

Elle leva les yeux au ciel et revint se coucher en l'embrassant. Il frissonna et tira la couverture sur eux, avant de passer son bras autour de la taille de Cameron.

Ils restèrent ainsi, en silence, l'espace d'une minute. Cameron regarda par la fenêtre et se jura d'arrêter de penser à Erika et ses messages.

— Qu'est-ce qui te tracasse ? demanda Smith en se redressant sur ses coudes.

— Je ne sais pas, répondit-elle d'un air triste. Je pensais juste... Si quelqu'un m'avait dit il y a trois mois que je serais ici aujourd'hui, je lui aurais ri au nez. Je veux dire, ici, à Tokyo, dans un hôtel avec une vue splendide, et en si charmante compagnie, ajouta-t-elle.

— Tu te serais vue où ? demanda-t-il en traçant des huits au-dessus de la couette sur le cœur de Cameron.

— Je sais pas vraiment.

Elle devait la jouer fine, une trop grande part de vérité compromettrait sa couverture. Mais si elle mentait trop ouvertement, elle perdrait la confiance de Smith.

— Je me serais vue en train de bosser dans un bureau, comme quelqu'un de normal.

— Et ? Tu travailles dans un bureau, la plupart du temps.

— Tu as raison. Mais bon... J'étais une gamine agitée.

— Toi ? demanda-t-il en levant les sourcils, dubitatif.

— Ouais. Ma mère était une camée, et mon père... Disons qu'il était lui-même. Ma mère m'a placée en maison de correction quand j'avais dix ans ce qui est... tard pour un enfant. Surtout pour une enfant aussi en colère que ce que j'étais. Du coup, j'ai été élevée comme la délinquante que j'étais.

Il posa un regard nouveau sur elle.

— Je suis désolé. Je n'en savais rien, Cam. Je sais que tu m'avais parlé d'un foyer d'accueil, mais je n'avais pas compris qu'il pouvait s'agir de ce genre d'établissement.

— Et bien, j'ai suivi une thérapie. J'ai été à l'université. J'ai fait tout ce qu'on est censé faire.

Elle commençait à se sentir mal à l'aise. Elle avait commencé cette conversation comme un moyen de lui expliquer sa vie, mais elle comprit qu'elle en avait peut-être trop fait. La vérité était peut-être plus qu'il ne pouvait en supporter.

— Je voulais pas me montrer péjoratif, dit-il. Tu as l'air de t'être vraiment bien adaptée.

— Je me suis bien adaptée. Enfin quelquefois, je me demande ce que devient ma mère. Est-elle en vie ? Qu'est-elle devenue ? Cameron s'interrompit. Sa gorge était étonnamment nouée. Elle se l'éclaircit. Ce que je veux dire, c'est que j'ai cette superbe carrière, je fais le tour du monde pour le travail. Et maintenant que j'ai tout ça pour moi, c'est pas comme ça que je l'imaginais.

— C'est à dire ?

— C'est à dire que je n'aurais jamais pensée être une... elle s'arrêta avant de prononcer les mots *assistante de direction*. Je pensais que je voyagerais, que je serais dans ta peau, en quelques sortes.

— Ça ne fait que quelques années que tu as quitté la fac, tu sais. Tu en as fait, du chemin, en si peu de temps.

— Je sais. C'est simplement que... j'ai vite appris qu'il fallait se battre pour obtenir ce que je voulais. L'appartement dans lequel je vis ? Il est à moi. J'ai cumulé deux emplois à temps plein pour l'acheter. J'ai cherché un endroit où je pourrais construire ma vie. J'ai gagné chaque sou que j'ai dépensé pour le remettre en état. Tout est de seconde main, ou alors je l'ai fait moi-même.

Il fronça les sourcils. Elle comprit qu'il ne savait pas quoi dire.

— Je suis désolée... J'avais besoin de me vanter, je crois, s'excusa-t-elle en prenant sa main et en liant leurs doigts ensemble. Ce que je veux dire, c'est que j'aurais pensé avoir accompli plus de choses.

Il fit une grimace.

— Et tu travailles pour quelqu'un qui a tout ce dont tu as rêvé.

— C'est pas ce que je veux dire.

Il soupira, s'allongeant sur le dos.

— J'ai vraiment essayé de ne pas me comporter comme un riche pourri par l'argent. Mon père est un pourri, et je n'ai pas envie de finir comme lui.

— Je sais, répondit-elle avant de laisser passer un silence. Et toi, tu te voyais où ?

— Moi ? Je me voyais rester chez les parachutistes jusqu'à ce qu'ils ne veuillent plus de moi. Et après ça... je ne sais pas. Prendre une retraite bien méritée dans un endroit vert.

— Ça ne semble pas être une mauvaise idée.

— C'était simple, répondit-il en faisant la moue. Mais apparemment, la vie en a décidé autrement.

— Je dirais qu'être à la tête d'une grande multinationale est *un peu plus* impressionnant que d'être parachutiste, répondit-elle dans un sourire.

— Ouais, bon. J'avais pas le choix. Crois-moi, j'avais besoin d'une échappatoire.

— Je peux comprendre, t'en fais pas. La plupart des gens cherchent à quitter le train-train quotidien dans lequel ils ont été élevés.

— J'ai pas souvent l'impression d'être un crétin fini, mais me plaindre de mon enfance privilégiée m'a toujours fait me sentir comme la pire des merdes, dit-il au détour d'un sourire.

— Ouais, bon, c'est vrai, rit-elle. C'est difficile de faire pire que moi dans ce domaine.

Il l'embrassa doucement et passionnément. Lorsqu'elle interrompit le baiser, elle leva un sourcil.

— Je croyais qu'on sortirait dîner.

— Bien sûr qu'on va aller manger. Mais il faudrait que tu arrêtes de m'exciter autant, pour ça, dit-il en l'attirant dans ses bras.

— Donc, on passe par le service de nuit, ce soir encore ? demanda-t-elle en gloussant.

— Je pense qu'il y a quelque chose d'autre que je pourrais dévorer...

Smith sourit et se faufila sous la couverture, couvrant le corps de Cameron de baisers. Elle ferma les yeux et agrippa les draps, chassant du même coup ses mauvaises pensées.

22

Smith se leva tôt et prit un moment pour s'imprégner de la vue sur Tokyo. Le jour allait poindre, ce qui voulait dire que toutes les lumières étaient encore allumées, baignant la ville dans l'éclairage artificiel des néons.

Il s'étira et quitta la salle de bain. Il se dirigea vers le hall d'entrée avec l'intention de récupérer le Wall Street Journal, qui lui était livré à sa chambre d'hôtel. Mais celui-ci était déjà posé sur la commode du couloir.

Il le ramassa et remarqua un bout de papier plié dedans. Il le ramassa, curieux. Son nom était marqué dessus. Il le déplia en souriant.

Smith,
Si tu as du temps libre aujourd'hui, j'apprécierais
de passer un moment en ta compagnie.
Je resterai disponible jusqu'à la tombée de la nuit.

Avec toute mon admiration
M. Charles Dupointer

Smith mit la lettre de côté et ramassa le journal, passant la une en revue. Charles était un vieil ami de sa famille, avec laquelle il faisait des affaires depuis deux générations. C'était un milliardaire qui ne savait pas comment occuper ses journées depuis qu'il avait pris sa retraite à Tokyo. Smith ne l'avait pas revu depuis une éternité, mais c'était une bonne occasion d'y pallier.

Il se dépêcha de finir son petit-déjeuner et s'habilla. Il jeta un œil à Cameron qui dormait d'un sommeil de plomb, un bras replié sous la tête. Il sourit et sortit dans Tokyo, sous le soleil levant.

Il appela un taxi, et demanda au chauffeur de le conduire dans le cœur d'Azabu, le quartier riche de Tokyo. Il descendit devant le gratte-ciel de Charles.

Le portier devait avoir été prévenu de l'arrivée de Smith, car il s'inclina devant lui et l'encouragea à entrer, lui signalant que M. Dupointer se trouvait au dernier étage.

Smith s'inclina en guise de remerciement et appuya sur le dernier bouton de l'ascenseur. A travers ses parois en verre, ce dernier laissait voir la ville qui se réveillait lentement au petit matin.

Lorsqu'il arriva au dernier étage, il dut passer par un point de contrôle sécurisé, d'un blanc immaculé. Au bout du couloir se trouvait une porte gardée par un agent de sécurité. Il aperçut Smith, pianota sur son iPad, et lui fit signe d'approcher.

Il poussa la grande porte blanche qui s'ouvrit. Il entra dans une pièce complètement différente, et mit les pieds dans un hall d'entrée au plancher d'ébène. Ce hall conduisait à une autre porte. Smith décida de continuer à avancer.

Il arriva dans une grande pièce. Sur un des côtés se trouvait une cuisine, et de l'autre, se trouvaient la salle à manger et les pièces à vivre. D'immenses baies vitrées entouraient tout l'espace, faisant paraître la pièce plus grande que ce qu'elle n'était vraiment.

Tout était en chrome et en verre, à l'exception de petits carreaux blancs sur les murs de la cuisine. Smith se tourna vers la salle à manger et les pièces à vivre, qui avaient une esthétique similaire, mais dans la salle à manger se trouvait en plus une table massive aux finitions travaillées. Les pièces à vivre, quant à elles, comportaient des canapés blancs aux coussins gris.

— Ah, te voilà ! dit Charles, apparaissant de nulle part.

C'était un vieil homme à l'air de gentleman anglais qui portait un costume trois-pièces et qui tenait dans une main noueuse une vieille pipe. Smith se dit que Charles devait avoir au moins quatre-vingt-dix ans. Il s'appuyait sur une canne, et Smith eut la politesse de ne pas le questionner sur son âge.

— Charles, dit Smith chaleureusement. C'est bon de vous revoir.

— As-tu déjà mangé ? demanda Charles en s'approchant, sa canne cliquetant sur le sol. Je peux te faire monter quelque chose, si tu le désires.

— Non, non, merci, c'est bon.

Charles avait l'air de quelqu'un qui avait percé grâce à

son argent. Pourtant, il n'avait jamais pris Smith de haut. Il se souvint qu'il avait déjà rencontré Charles quand il était très jeune, dans un parc à Londres. Smith se promenait avec son grand-père, qui ressemblait étrangement à Charles, en plus grand. Charles promenait un épagneul, une belle bête au poil doré.

Ses souvenirs étaient flous, mais ils comptaient beaucoup pour lui.

— Asseyons-nous, d'accord ? demanda Charles en se dirigeant vers un canapé.

Charles s'assit à un bout d'un sofa pour laisser Smith s'asseoir sur l'autre extrémité. L'opération prit plusieurs minutes, son âge le contraignant à des mouvements lents et mesurés. Smith ne releva pas.

— Parlons de toi. Que deviens-tu ? demanda Charles en sortant une paire de lunettes de sa poche. Oh, tu as l'air d'aller bien.

— Ça me touche, répondit Smith. Je suis ici en voyage d'affaires, à dire le vrai.

—Tu as finalement abandonné... C'était quoi déjà ? Les parachutistes ? Ton grand-père serait si fier de savoir que tu es à la tête de son entreprise.

— Je travaille sous la direction de mon père, répondit-il.

— Oh, je vois, lâcha Charles d'un ton attristé. Je ne veux pas faire parler les morts, mais ton grand-père voulait te léguer directement l'entreprise.

Smith haussa les épaules.

— *Que sera, sera.*

— Oh, aucun doute là-dessus. Je voulais simplement dire que si ton grand-père n'était pas mort si jeune, il aurait tenu les rênes de l'entreprise jusqu'à ce que tu sois prêt à prendre sa place. Spencer n'a jamais eu le bon état d'esprit pour faire des affaires.

Cette dernière remarque arracha un sourire à Smith.

— Peut-être que vous avez raison.

— Je suppose que les affaires vont bien ?

Smith hésita un instant.

— Suffisamment bien. De l'argent a disparu récemment, mais je suppose que c'est chose commune.

— En effet, rien ne dure jamais éternellement. Quant à ce problème, ouvre l'œil, et le bon.

Smith acquiesça. Par la fenêtre, il regarda l'agitation matinale.

— Vous avez une sacrée vue, d'ici.

— N'est-ce pas ? Quand le comité m'a proposé de construire ici, dans les années quatre-vingt-dix, je les ai pris pour des fous. Mais ils avaient raison, et le coin est devenu plutôt huppé. Et nous sommes à côté de Akasaka, le quartier des affaires, c'est tout ce qui compte.

— Je suis sûr que votre investissement a dû voir sa valeur démultipliée.

— Tu sais, j'ai plein de temps pour réfléchir, maintenant. C'est ça, devenir vieux, c'est avoir trop de temps pour soi.

— Vous devez être un homme sage, dans ce cas, dit Smith sur le ton de la plaisanterie.

— Bien au contraire, dit gravement Charles. Je possède tellement, mais je n'ai personne avec qui partager. Vois-tu, je ne suis jamais tombé amoureux. J'ai vécu toutes ces années en me disant que l'amour n'était pas si important, et que j'étais occupé à plus important.

— Oh, allez. Vous avez fait le tour du globe ! Vous avez vendu votre affaire pour des milliards de dollars. Vous profitez d'une super retraite ici, argumenta Smith en désignant la pièce.

— Et pourtant, je suis seul.

— Vous pouvez faire venir qui vous voulez, ici.

— Je peux payer des gens pour qu'ils viennent ici, oui. Mais peu de monde resterait, une fois leur paiement reçu. Non, j'ai vécu ma vie pendant quatre-vingt-seize ans en faisant ce que je voulais. Je me rends maintenant compte que j'aurais dû vouloir trouver l'amour.

Smith fut surpris.

— L'amour ?

— Oui, je me fais de plus en plus vieux chaque jour, et je ne suis déjà plus tout jeune. Et plus je me fais vieux, plus je me rends compte que le jour se lève et se couche, mais que seuls ceux vivant l'amour en profitent pleinement. Rien d'autre n'est important.

— Ça a le mérite d'être poétique, au moins.

Charles adressa un regard consterné à Smith.

— Dis-moi au moins que tu aimes quelqu'un. Qu'il y a quelqu'un qui compte pour toi.

Smith sourit, et Charles saisit le message avant même qu'il ne puisse répondre.

— Ah, je savais que tu avais quelqu'un. Tu es bien plus malin que ce que j'étais à ton âge.

Smith se sentit rougir.

— C'est pas grand-chose, se défendit-il.

— Si, bien sûr que si ! Écoute. Quand j'étais jeune, plus jeune que toi, il y avait cette fille, elle m'avait tapé dans l'œil. Et je pense que je ne la laissais pas indifférente. Mais je me suis demandé, et si je trouvais mieux qu'elle ? Si quelqu'un me plaisait plus et m'attendait un peu plus loin ? Du coup, je n'ai pas saisi ma chance, et elle a épousé quelqu'un d'autre.

Je pense que si j'avais su à ce moment-là que je vivrais quatre-vingt-seize ans et que je serais toujours en forme, je l'aurais demandée en mariage, plutôt que de vivre dans le regret.

Charles vacilla après sa longue tirade. Il toussa plusieurs fois et se redressa, tremblant.

— Puis-je vous apporter quelque chose ? Devrais-je appeler quelqu'un ? demanda Smith.

— Non, non, ça va. Ni toi ni quiconque ne peut y faire quelque chose. J'en ai juste peut-être fait un peu trop.

Charles se reposa contre le dossier dans un soupir.

— S'il y a quoi que ce soit...

— Pense juste à ce que je viens de te dire, lui répondit Charles. Et si nous prenions un thé, maintenant ?

Smith acquiesça, ravi de ne pas avoir dégradé la santé de Charles. Ce que lui avait dit le vieil homme obsédait ses pensées, cependant.

Je l'aurais demandée en mariage, plutôt que de vivre dans le regret.

Ça méritait réflexion.

23

Cam était rassasiée. Elle sortit du restaurant en compagnie de Smith après une excellente soirée. Le ciel était noir et chargés de nuages. Il menaçait de pleuvoir d'un instant à l'autre, mais Cam ne pouvait pas se plaindre.

Après tout, elle se promenait dans les rues de Tokyo en charmante compagnie. Smith avait l'air d'être de bonne humeur, insistant pour s'arrêter à chaque boutique qui attirait son attention. Il acheta chaque babiole qui plut à Cameron et les fit livrer à l'hôtel.

La plupart du temps, elle s'arrêtait parce qu'elle était impressionnée par les couleurs des enseignes écrites en japonais. Cameron n'en parlait pas un seul mot, mais jusqu'à maintenant elle n'avait croisé que des japonais capables de parler anglais.

Ils étaient sortis dîner dans des restaurants hors de prix, se gavant de sushis jusqu'à ce que Cameron se plaigne qu'elle allait exploser.

— Où devrait-on aller ensuite ? demanda Smith.

Elle tourna les yeux vers lui. Il portait sa tenue décontractée traditionnelle, son t-shirt noir, un jean noir, et une veste en cuir... noire aussi. Elle aimait sortir avec Smith, et la manière dont leurs apparences se complétaient. Elle portait une robe courte verte, mais sa veste en cuir était aussi noire que celle de son compagnon.

— Hum... Et si nous allions dans un endroit spécial ? proposa-t-il.

— Spécial ?

— Ouais. On est pas venus dans ce coin de Tokyo juste pour manger. Allez.

Il la prit par la main et descendit la rue. Quelques pâtés de maisons plus loin, elle aperçut un bâtiment noir avec des néons. Elle tourna au carrefour après ce bâtiment et découvrit une grande allée en pierre ouvragée, couverte de lierre.

— Intéressant, dit-elle en pointant le mur du doigt.

— C'est ici qu'on va, déclara-t-il.

— Quoi ? se moqua-t-elle. On va dans un mur ?

— Non, on va faire le tour jusqu'à arriver devant l'entrée, et puis on entrera dedans.

Elle ferma la bouche et le laissa passer devant. Elle découvrit bientôt qu'il y avait quatre murs, mais ce qu'ils protégeaient restait un mystère entier pour elle.

Ils firent le tour et trouvèrent l'entrée, presque dissimulée sous le lierre. Une porte à double battant barrait l'accès, ce qui la fit reculer un peu. Smith écarta le lierre et ouvrit la porte, l'invitant à le suivre.

Quand Cam entra, elle eut l'impression de changer de monde. Il y avait certes toujours des gratte-ciels autour d'eux, mais entre ces murs se trouvait un jardin traditionnel japonais.

Sur un petit surplomb à sa gauche se trouvait une

coquette maison de thé avec ses marres, ses sculptures et ses parterres de fleurs. Un homme en costume noir se tenait juste devant, attendant visiblement quelqu'un.

— M. Calloway ?

— C'est moi, répondit Smith.

— Profitez bien de votre séjour, dit-il en se courbant.

Smith tourna son regard vers Cameron. Elle avait du mal à garder la bouche fermée.

— Alors ? demanda Smith.

— Je... Smith, c'est incroyable ! Tu as loué cet endroit ? demanda-t-elle d'une voix émerveillée.

— Pour tout te dire, tu ne peux pas louer cet endroit. Il faut connaître quelqu'un, et, heureusement pour nous, je connais quelqu'un.

— Oh mon dieu, s'extasia-t-elle.

— On y va ?

Il lui offrit son bras, qu'elle saisit. Ils se promenèrent dans les jardins, profitant du parfum des différentes fleurs. Ils remarquèrent des oies et des canards se promenant parmi les bosquets soigneusement entretenus. Ils suivirent un chemin de petits galets blancs bordé de sculptures d'œillets en bois japonais sombre.

— Oh, regarde ! s'étonna Cameron. Elle le tira à l'abri d'une véranda parée de lilas et de pétales de fleurs de cerisiers. Ils doivent la refaire chaque jour pour la garder fraîche.

Il sourit, ne sachant pas quoi ajouter.

— Quoi ? demanda-t-elle.

— Rien, j'apprécie juste que tu passes un bon moment.

Elle s'approcha de lui, passa une main dans sa nuque et l'attira à elle pour l'embrasser. Ce fut un baiser rafraîchissant, comme tous leurs baisers. Ils n'avaient jamais partagé un baiser fade et sans intérêt.

Elle ouvrit la bouche pour ajouter quelque chose, mais des pétales de cerisiers en fleurs tombèrent devant elle. Elle leva les yeux et s'aperçut qu'il allait pleuvoir.

— De la pluie, dit-elle en fronçant les sourcils.

— On pourrait courir jusqu'à la maison de thé, proposa-t-il en pointant la petite construction du doigt.

— D'accord, on fait ça. Dépêche, allez, allez !

Ils sprintèrent à travers le jardin, le ciel tonnant. Elle lâcha un cri qui sonna comme un couinement en se dirigeant vers la masure. Lorsqu'ils y arrivèrent finalement, ils étaient tous deux trempés jusqu'aux os. La robe de Cam était plaquée contre son corps à cause de l'eau.

— Oh mon dieu, lâcha-t-elle en s'arrêtant sous le porche en essayant de reprendre son souffle. Je ne savais pas...

Elle ne parvint pas à finir sa phrase, car Smith l'embrassa. Elle fut parcourue par ce sentiment familier. Elle le voulait, et elle l'avait, pour l'instant. Mais quand il apprendrait la vérité, ce serait une autre affaire.

Elle écarta cette pensée. Cameron lui rendit son baiser, agrippant le revers de sa veste pour le tirer vers elle. Smith posa la paume de sa main contre la joue de la jeune fille, prolongeant tendrement le baiser avant de se retirer. Il appuya son front contre le sien.

Ils restèrent ainsi, sans rien dire, pendant un long moment. Elle ne savait pas ce qu'il se passait dans la tête de Smith. Elle ne parvenait pas à se défaire de l'idée qu'il allait rompre. Sinon, pourquoi fuirait-il ses baisers ?

Elle avait enfin trouvé quelque chose qui la faisait se

sentir bien, se sentir vivante, et la vie allait déjà le lui reprendre ? Smith et elle avaient fait l'amour à chaque fois qu'ils en avaient l'occasion depuis plusieurs semaines. Elle avait le sentiment que le destin les séparerait bientôt, brisant ainsi son bonheur.

Elle ne voulait pas être celle que l'on abandonne. Elle voulait être au même niveau que lui. Elle se mit à essayer de deviner ce à quoi Smith pouvait bien penser.

La pluie s'arrêta aussi vite qu'elle avait commencé.

— Nous devrions rentrer à l'hôtel, dit-elle en baissant les épaules.

— Vraiment ? demanda-t-il en la regardant. Je pensais passer par un dernier endroit avant de rentrer.

— Quoi ? Où ça ? s'enquit-elle en arquant les sourcils.

— Tu verras, c'est une surprise. Allons-y, lui enjoignit-il avec son grand sourire qui faisait fondre sa détermination.

Ils quittèrent le jardin et revinrent dans les rues de Tokyo. Cam resta silencieuse, perdue dans ses pensées, alors que Smith hélait un taxi. Lorsqu'ils arrivèrent, ils mirent pied dans une zone industrielle grise et terne. Tout autour d'eux s'étendaient des bâtiments en béton gris et des palettes usagées.

Un punk rock passa près d'eux, ses cheveux dressés en une iroquoise violette, la figure couverte de piercings. Il portait un pantalon moulant en cuir rose, et un T-shirt portant le logo de *The Kinks*.

— Ça me rappelle chez moi, dit Cameron avec un petit sourire. Enfin, ça me rappellerait chez moi si je parlais japonais.

— Ah oui ? Je pense qu'on va au même endroit que lui, répondit-il avec un grand sourire plein de mystère.

Elle regarda autour d'elle et ne vit que des entrepôts sans

distinction aucune. Elle suivit le punk jusqu'à une porte en apparence comme les autres. Il n'eut pas l'air surpris d'être suivi, et lorsqu'il ouvrit la porte, Cameron comprit pourquoi.

La porte s'ouvrit pour eux aussi. Cameron entendit la musique punk qui jouait très fort en fond. Elle avança d'un pas et à la lumière des stroboscopes bleus, vit une foule d'une centaine de personnes habillées en punk.

Elle leva les yeux vers Smith, qui lui retourna son sourire ravageur.

— Entre, la pressa-t-il.

Elle entra, surprise non seulement du nombre de gens, mais aussi de l'endroit. C'était une ancienne usine abandonnée qui avait été réaménagée, apparemment, et au bout de laquelle se dressait une scène. Elle essaya de tourner la tête pour mieux appréhender tout ce qui l'entourait. Tout était tellement... étrange.

Une fille avec de longs cheveux mauves dansait avec ce qui semblait être du scotch sur les seins.

Un des hommes sur scène tout droit sorti du film *Matrix* faisait tourner des chaînes avec des boules de feu accrochées au bout. Une personne immense, androgyne, dansait sur des palettes qui semblaient servir de bar. Elle portait une blouse de laboratoire et des sous-vêtements, mais rien d'autre.

Les deux barmans ne prêtaient pas attention aux danseurs, servant les boissons aux clients tout en balançant leur tête au rythme de la musique.

— Tu veux boire un truc ? lui demanda Smith à l'oreille.

Elle frissonna qu'il soit si près d'elle et acquiesça. Il la prit par la main et l'emmena au bar. Il commanda pendant qu'elle continuait à admirer ce qui l'entourait.

— Un whisky, *on the rocks,* dit-il en lui tendant sa boisson.

Elle remarqua qu'il buvait la même chose qu'elle et cela la fit sourire. Elle ouvrit la bouche pour dire quelque chose, peut-être à quel point elle l'aimait, mais les lumières s'éteignirent.

Elle se tourna vers la scène, et la foule fut soudainement en liesse, applaudissant et criant. Le groupe apparut, et Cameron ne put s'empêcher de remarquer que le chanteur avait des cheveux vert fluo arrangés en pointe tout le long de son crâne.

Le groupe commença à jouer une chanson en anglais et un déclic se fit dans la tête de Cameron. Elle regarda Smith.

— Est-ce que c'est le groupe qui jouait la nuit où on s'est rencontrés ? hurla-t-elle dans son oreille.

— Ouais ! hurla-t-il en retour.

Cameron fut submergée par l'émotion. Elle n'aurait jamais pensé qu'en voyage d'affaires à Tokyo, il puisse demander au groupe de le rejoindre... Mais il avait probablement les moyens de se le permettre.

A cet instant, elle ne put pas s'empêcher de le regarder avec admiration. Il ne la regardait pas, observant la scène en sirotant son whisky. Elle sentit son cœur se serrer.

Elle sut à cet instant qu'elle tombait amoureuse. Dieu l'en protège, elle était désespérément amoureuse de l'homme devant elle.

Il se tourna vers elle et lui adressa un grand sourire. Cameron l'attira contre elle et l'embrassa. Il y répondit avec ferveur, partageant le goût du whisky sur ses lèvres.

Elle savait qu'il y avait des problèmes entre eux. Elle savait qu'elle ne devait pas tomber amoureuse de Smith Calloway.

Mais ces problèmes attendraient. Pour l'instant, tout ce qui importait, c'était cet homme.

Tout le reste disparut.

24

Cameron dormait toujours quand Smith se glissa hors de leur chambre d'hôtel. Après leur journée éreintante, la veille, Cameron et lui étaient rentrés à l'hôtel pour passer une nuit toute aussi éreintante.

Elle l'avait laissé lui bander les yeux, lui faisant une confiance aveugle pour prendre son plaisir en main. Il n'était pas parvenu à effacer de son visage la satisfaction que ses gémissements et ses suppliques de la faire jouir lui avaient procuré.

Il l'avait prise dans toutes les positions possibles et inimaginables, lui, prenant son temps et elle, son pied. Elle avait été essoufflée à force de crier son nom avant qu'il n'en ait fini avec elle. Il avait arrêté de la besogner au petit matin, alors que le soleil se levait par la fenêtre. Il s'était effondré à ses côtés, exténué.

Smith ne voulait pas l'abandonner, mais il voulait marquer l'occasion et lui acheter quelque chose. Un souvenir physique de leur voyage à Tokyo, pour lui rappeler leur bon temps.

Une fois que ce serait terminé, compléta une petite voix dans sa tête.

Il se secoua la tête, essayant de chasser cette pensée. Il sortit dans la rue, les sourcils froncés, sa destination en tête. Il faillit la manquer, cependant, et la trouva grâce au numéro de la rue.

C'était un bâtiment tout à fait normal, sans vitrine éclairée par des néons comme les autres magasins. Il s'approcha de la porte de devant et vit un unique bouton blanc sur l'intercom devant l'allée. Il appuya dessus et une aimable voix féminine en sortit.

— *Konnichiwa.*

— Bonjour, je suis venu voir M. Liu, dit-il en s'inclinant près de l'intercom.

— Veuillez reculer pour que nous puissions vous voir sur notre caméra, s'il vous plaît.

Il s'exécuta et regarda en l'air. Une caméra enregistrait le moindre de ses mouvements. Il avait dû montrer patte blanche, car l'intercom vibra quand la serrure se déverrouilla.

Smith se dirigea vers l'intérieur du bâtiment, passa une autre porte de sécurité et entra dans la vraie partie du bâtiment, qui abritait une bijouterie. La pièce était sans intérêt, des armoires métalliques couvraient les murs. Il n'y avait qu'un présentoir à bijoux, qui trônait fièrement au milieu du petit magasin.

Deux armoires à glace se tenaient de part et d'autre du présentoir. Un homme à l'air affairé entra depuis la seule autre porte de la pièce.

— Je suis M. Liu, dit-il en se fendant d'une révérence parfaitement exécutée.

— Enchanté, M. Liu. Je suis Smith Calloway, répondit Smith en lui rendant sa courbette. Merci de me recevoir.

— C'est un plaisir. Pouvez-vous me dire ce qui vous amène ? répondit l'homme dans un anglais à couper au couteau.

— Je voudrais quelque chose pour une femme. Peut-être un collier ?

— Quel type de pierre ?

— Un saphir, répondit Smith en pensant aux yeux de Cameron.

— Veuillez patienter, lui enjoignit M. Liu.

Il ouvrit plusieurs tiroirs et en tira quelques pièces. Chaque bijou était paré d'un saphir, et trié par style. Quand Smith reçut la permission de regarder de plus près, son regard se porta sur une bague ornée d'un saphir. Simple, élégante. Elle lui rappelait Cameron.

Tu n'es pas venu acheter une bague, se rappela-t-il. *Peu importe ce que t'a dit Charles, tu as le temps avant de penser au mariage. Tu es venu ici pour lui faire un cadeau.*

Il n'était pas sûr que cette dernière affirmation soit vraie, mais il prit le choix plus facile d'ignorer cette petite voix.

Il continua à admirer les bijoux, ses yeux se posant sur un superbe pendentif. Il était en or rose, et un délicat saphir ornait le pendentif.

— Celui-ci, dit-il en le soulevant. Il me rappelle la femme à qui il est destiné.

— Un excellent choix, répondit M. Liu en le sortant de son écrin. Voulez-vous qu'on vous l'emballe ?

— S'il vous plaît, dit-il en sortant sa carte bleue et en la tendant à M. Liu. Je voudrais payer par carte, s'il vous plaît.

— Très bien.

M. Liu reprit les différents bijoux et les replaça avec

précaution dans les tiroirs d'où il les avait tirés. Il disparut un instant dans l'arrière-boutique en emportant le bijou et la carte de crédit. Lorsqu'il revint, il tenait la carte, un reçu, et une boîte dans laquelle était emballée le collier.

Smith signa le reçu, remercia le joaillier et ressortit dans les rues de Tokyo. En chemin vers l'hôtel, il repensa au concept de mariage.

C'était un rêve doux et sucré, il devait se l'avouer. Lui, un genou à terre, elle pleurant en essayant de trouver les mots... Il n'avait pas spécialement envie de se marier, mais s'il devait se marier, il voulait que ce soit avec quelqu'un comme elle. Quelqu'un avec qui il partageait une alchimie, une complicité, beaucoup de passion et...

Il devait être honnête avec elle. Il ne baissait jamais sa garde, sauf quand il était en sa compagnie. Elle faisait fondre ses défenses.

Que demander de plus ?

En entrant dans la chambre qui leur avait été attribuée, un sourire se dessina sur son visage. Son cœur se serra dans sa poitrine.

— Je me suis demandée où tu étais passé, remarqua Cameron.

— J'étais parti faire un tour, répondit-il en s'asseyant à côté d'elle sur le lit.

— Ah ? demanda-t-elle en levant les yeux vers lui.

— Oui. Et je t'ai acheté un petit quelque chose quand j'étais dehors.

— Vraiment ? dit-elle en se redressant, soudainement curieuse.

Elle s'assit sur le lit. La couette glissa, la dénudant dangereusement.

Il lui donna la petite boîte. Elle leva un sourcil, puis

ouvrit le petit coffret avec précaution. Cameron glapit en découvrant le collier.

— Smith ! s'exclama-t-elle en le frappant sur le bras. Bordel, t'es sérieux ?

Il rit devant cet accès de vulgarité. C'était touchant.

— Il ne te plaît pas?

— Si, bien sûr que si. Merci Smith, répondit-elle avec des étoiles dans les yeux.

— Je peux te le mettre, dans ce cas ?

Elle essaya de répondre, au bord des larmes.

— O..oui.

Il sortit le collier de la boîte et défit le fermoir. Cameron se mordit la lèvre inférieure et lui tourna le dos, lui facilitant ainsi l'accès à sa nuque. Il passa le collier autour de son cou, après quoi elle se tourna vers lui pour lui montrer le résultat.

Le collier pendait juste au-dessus de ses seins, et le résultat était à couper le souffle. Smith pensa que les entreprises de mode payaient des mannequins des milliers de dollars pour être aussi belles que Cameron en ce moment. Pourtant, elle ne portait qu'un collier et était enroulée dans les draps.

Elle le regardait avec de grands yeux, et il se dit que personne ne l'avait jamais regardé comme ça.

Il se pencha vers elle et l'embrassa, d'un baiser court mais intense. Sa bouche était chaude et douce, comme du miel au soleil. Les mots suivants lui échappèrent avant même qu'il ne se rende compte de ce qu'il disait.

— Veux-tu être ma petite amie ? demanda-t-il, adoptant un air surpris.

L'expression sur son visage provoqua un rire en elle.

— Tu es sûr ?

Il l'embrassa à nouveau, ce qui la fit sourire.

— Oui, totalement sûr.

— Bien. Dans ce cas, oui, je veux bien.

Quelqu'un toqua à la porte. Il l'embrassa et se redressa.

— J'ai demandé au service d'étage de nous apporter le petit-déjeuner. Et si tu t'habillais, pendant que j'installe tout ça dans l'autre pièce ?

— C'est d'accord, soupira-t-elle. Je ne sais pas quelle heure il est, mais après le petit-déj', on devra probablement aller à l'aéroport.

Il lui fit un clin d'œil, restant une seconde de plus pour la voir se redresser, nue. Elle rougit, et se mit à s'habiller.

La personne à la porte frappa une nouvelle fois, avec plus d'insistance.

— J'arrive, j'arrive, cria-t-il impatiemment.

Il ferma avec précaution la porte de la chambre et alla ouvrir au service d'étage. Il donna un pourboire au garçon et fit entrer le chariot dans la pièce, l'arrêtant près de la table de la salle à manger.

Il jeta un coup d'œil aux plats couverts d'une cloche en argent. Il ouvrit le premier, du *Pan con Tomato y Huevos*, ce qui le fit sourire. D'épaisses tranches de pain grillées couvertes de confiture de tomate, accompagnées d'œufs pochés, ça ferait un bon petit déjeuner espagnol.

Ça lui rappelait sa mère. Ou, plus exactement, ça lui rappelait les petits déjeuners qu'il avait l'habitude de prendre sur la côte espagnole, face à sa mer. Il pensa que ce devait être un des plus vieux souvenirs qu'il lui restait, car il ne se rappelait que de la nourriture et de sa mère qui souriait.

Il découvrit les autres plats, qui s'avérèrent être des œufs Bénédicte et une omelette végétarienne. Ce n'était pas grand-chose, mais il était limité par les choix qu'offraient cet hôtel japonais. Il sortit deux assiettes et des couverts en argent, qu'il installa à table.

Elle sortit de la chambre, et il remarqua qu'elle s'était habillée très formellement, avec un haut couleur crème à froufrous et un pantalon gris foncé.

— T'es bien habillée, remarqua-t-il alors qu'elle s'approchait du festin qu'il avait préparé.

— Merci, répondit-elle en rougissant. C'est quoi ? demanda-t-elle en pointant le *Pan con Tomato y Huevos*.

— C'est du pain avec de la confiture de tomate et des œufs, répondit-il en tirant une chaise pour elle. C'est un petit déjeuner traditionnel espagnol.

— Ah, répondit-elle en s'asseyant après s'être servie de l'omelette végétarienne.

— Goûte, c'est délicieux, dit-il en lui tendant le *Pan con Tomato y Huevos*. Je suis sûr qu'ils l'ont réussi.

Elle se servit et prit un toast qu'elle couvrit de confiture, et un œuf poché. Elle cassa le jaune sur le toast, et prit une bouchée.

— Mmmmmmm...

— C'est bon ?

— Délicieux, répondit-elle. J'ai l'impression d'être en Espagne.

Il sourit et se servit aussi, copiant la manière dont elle mangeait. Il prit une bouchée et gémit, l'acidité des tomates s'équilibrant parfaitement avec le crémeux de l'œuf et le croustillant du pain grillé.

— J'en ai mangé qu'une seule autre fois, durant un voyage en Espagne avec ma mère.

Elle s'arrêta soudain de manger et remit dans son assiette le morceau d'omelette qu'elle destinait à sa bouche.

— Oh ? fut le seul mot qu'elle parvint à articuler, curieuse.

— Hum hum, acquiesça Smith en s'attaquant aux œufs Bénédicte.

— Comment était ta mère ? demanda Cameron, en prenant une bouchée d'omelette.

Il réfléchit à cette question en mâchant ses œufs.

— Elle était... compliquée. Quand elle était contente, c'était la meilleure personne au monde, elle rayonnait de bonheur. Enfin, de mon point de vue, du moins. Mais quand elle était triste... il s'arrêta, ce qui provoqua un froncement de sourcils chez Cameron.

— Quand elle était triste ?

— Je ne sais pas. Il y avait des périodes où elle broyait du noir. À la fin, elle ne sortait même plus de son lit. Comme je te l'ai dit, c'était compliqué. Je ne savais pas dans quel état d'esprit elle serait avant de la voir.

— On dirait... commença-t-elle en se mordant la lèvre. On dirait que ça a été une période difficile pour toi.

Smith prit une grande inspiration, et répondit :

— Elle ne s'est jamais remise de sa dépression. Je ne l'ai connue que tout jeune.

— Je suis tellement navrée, se lamenta-t-elle en lui prenant la main.

— C'était il y a longtemps.

— Même.

Elle reprit sa fourchette et repoussa les derniers morceaux de son omelette. Smith s'aperçut qu'il avait lui aussi perdu l'appétit. Il s'essuya la bouche avec sa serviette et la jeta négligemment dans son assiette.

— On devrait commencer à se préparer, où on risque de rater l'avion, dit-il en se levant.

— Je ne voulais pas te blesser.

— Ce n'est pas... Tu n'y es pour rien, Cameron. Allons-y, veux-tu ?

Elle hésita un moment, puis acquiesça. Ils prirent quelques minutes pour rassembler leurs affaires. Les valises faites, ils les laissèrent dans la chambre pour que les grooms s'en occupent.

Alors qu'ils prenaient l'ascenseur, Smith passa un bras autour de la taille de Cameron. Il l'attira contre lui et déposa un baiser sur son front.

Elle ne dit rien, mais le remercia avec un sourire, lui faisant comprendre qu'il n'y avait pas de problème. Ils se glissèrent dans la limousine qui les attendait devant l'hôtel et il remit son bras autour de la taille de Cameron.

Elle sortit son téléphone et composa un numéro pour s'assurer que tous les détails du vol étaient bien réglés.

— Ça devrait aller, dit-elle tout haut. Assurez-vous qu'il y ait beaucoup d'eau. Et, il aime profiter d'un bon bourbon au décollage...

Il la regarda d'un air absent alors qu'elle négociait. Il repensa à ce que lui avait dit Charles. S'il avait su qu'il serait toujours en vie à quatre-vingt-seize ans, il aurait demandé la femme qu'il aimait en fiançailles.

Les lèvres de Smith tressaillirent lorsqu'elle raccrocha.

—Ils ont peur de moi, dit-elle en levant les sourcils.

— Comme n'importe qui de sensé, lui assura-t-il.

Elle lui adressa un sourire satisfait et se colla contre son torse. Il ne pouvait pas s'empêcher de remarquer l'odeur des cheveux de Cameron, une senteur épicée et sucrée qui lui était propre.

— Je suis content de t'avoir à mes côtés, dit-il fermement.

Sinon, tu te trouverais quelqu'un d'un peu moins génial que moi, j'imagine.

Elle sourit à cette remarque. Il se pencha vers elle et l'embrassa. Elle savait ce qu'elle voulait. Au moins, il lui avait dit ce qu'il ressentait. Peut-être pas *précisément* ce qu'il ressentait, mais il avait suffisamment dévoilé ses sentiments pour aujourd'hui.

Ils arrivèrent sur le tarmac, et il dut la laisser partir, à son grand regret. En sortant de la voiture, son téléphone se mit à sonner. Il le sortit de sa poche et regarda l'écran, qui affichait un numéro.

Lindsay Wu.

Peu importait ce que l'enquêtrice avait découvert, ça pouvait attendre. Il avait un avion à prendre pour traverser la moitié du monde. Il se remettrait dans le bain après.

— Smith ! l'appela Cameron en montant les escaliers menant à l'avion.

— J'arrive, j'arrive.

Il secoua la tête, et monta dans l'avion. Il rentrait chez lui.

25

À la seconde où Cameron quitta l'avion qui les ramenait de Tokyo et souhaita bonne nuit à Smith, elle reçut un appel d'Erika. Elle fit la grimace à son téléphone, mais décrocha en montant dans le Uber qu'elle avait commandé.

— Tu ferais mieux d'avoir une bonne raison de m'appeler, lâcha Cam en essayant de prendre une grosse voix, comme Smith en avait l'habitude en répondant aux appels. Je sors d'un vol de plus de treize heures.

— Tu dois venir, répondit Erika d'une voix plate et monotone. Nous sommes dans la salle de conférence principale du Daily News.

— Quoi, maintenant ?

— Oui, maintenant ! la coupa Erika. C'est ta dernière chance de voir ton nom figurer en bas de l'article.

Cam se mordit la lèvre. Elle savait que ce moment arriverait. Elle en avait rêvé pendant tant d'années. Mais maintenant que le moment était venu, elle s'inquiétait pour Smith.

Smith, et le fait qu'elle était sûre qu'il était amoureux d'elle.

— Tu m'écoutes ? grogna Erika.
— Oui, oui.
— Dans combien de temps peux-tu être là ?
— Euh... Je dois être à dix minutes de route.
— Bien. Nous t'attendons.

Erika raccrocha, ne laissant aucun autre choix à Cameron que de demander au chauffeur de changer de direction. Alors que la voiture tournait en direction du bureau et de son destin, elle se renfonça dans son siège et regarda par les fenêtres.

Elle essaya de reprendre le contrôle de sa respiration, mais cela ne diminua pas sa peur. Elle sortit de la voiture devant le siège du journal et songea à s'enfuir en courant. Où serait le mal ?

Le mal, c'était qu'Erika dirait à Smith qu'elle n'était qu'une traîtresse, et qu'il la quitterait. Elle sentit un flot d'émotions l'envahir, et fit son possible pour les mettre de côté. Elle dut tout de même se forcer à entrer dans le bâtiment.

Elle se força à marcher d'un pas confiant, le menton haut, essayant de faire illusion quant à son courage. Elle laissa ses valises à la réceptionniste, certaine que l'entretien ne serait pas long.

Elle dénoua ses longs cheveux roux dans l'ascenseur et remercia intérieurement le tout-puissant qu'elle soit en talons et qu'elle porte ses bas. Il la faisait se sentir puissante.

Elle passa comme une furie devant la secrétaire, se dirigeant directement vers le conseil qui souhaitait la rencontrer. Les murs de la salle étaient en verre, ce qui lui permit de les voir avant qu'elle ne soit vue.

Il y avait une demi-douzaine d'hommes grisonnants dans la salle en plus d'Erika, qui portait un haut jaune et un pantalon de yoga violet.

Erika vit Cameron une fraction de seconde avant qu'elle n'ouvre la porte. Le visage de sa mentor tourna au rouge, et Cam entra, prête à se battre.

— Me voilà, annonça Cameron, en laissant son sac tomber sur la table. J'arrive tout droit d'un vol depuis le Japon. Vous vouliez me parler ? Alors, parlons.

Elle regarda les éditeurs. Ils lui renvoyèrent tous son regard, certains amusés, d'autres agacés. Certains visages semblèrent familiers à Cameron, qui n'aurait pas su placer un nom sur ces têtes.

— Cameron, dit Erika en s'approchant. Assis-toi.

— Je préfère rester debout, la défia Cameron en croisant les bras.

— Comme tu voudras, répondit Erika, demandant silencieusement le soutien du conseil. Est-ce que l'un d'entre vous veut commencer ?

— Oui, moi, dit un homme portant un veste de sport à carreaux. Cameron, ça fait deux mois que tu travailles sous couverture à Calloway Corp, c'est ça ?

— Oui, répondit Cam.

Un autre éditeur, vêtu d'une veste noire, prit la parole. Il avait l'air plus sympathique.

— On ne peut pas continuer à te soutenir tant que tu ne t'assieds pas pour parler avec un reporter, ajouta-t-il. Erika nous a dit que tu travaillais pour Calloway, ce qui... Ce qui n'est pas une décision que nous aurions prise. Je vais dire un bel euphémisme, mais il est sacrément risqué d'infiltrer une journaliste sous couverture.

— Et donc ? Qu'attendez-vous de moi ? demanda

Cameron

— Il faut que tu démissionnes de chez Calloway. Reviens travailler ici. Parle à un journaliste. Prépare-toi à une tonne de questions du gouvernement et d'autres journaux.

— J'ai noté tout ce qui s'est passé, chaque jour. J'ai gardé des traces de chaque chose qui se passait. Je veux mon nom sur cet article, répliqua Cameron.

Les éditeurs s'échangèrent un regard nerveux. C'est le moment que choisit Erika pour prendre la parole.

— Ça, on verra une fois que tu seras revenue travailler pour nous.

— Non, répondit fermement Cameron. Je veux ce pour quoi j'ai signé, au départ. Et je veux une promotion au statut de journaliste.

Erika serra les dents.

— C'est ce que tu veux ?

— Ouais. Vous voulez les fruits de mon travail ? Vous voulez utiliser deux mois de ma vie pour vendre votre journal ? Alors engagez-moi en tant que journaliste, ce sera gagnant-gagnant. Si vous ne voulez pas de cette offre, dites-le moi, et je m'en vais, ajouta-t-elle.

Erika dévisagea chacun des éditeurs. Le plus sympathique des deux se leva et prit la parole.

— Très bien, soupira-t-il. Nous t'engagerons en tant que journaliste. Mais tu dois nous remettre toutes les preuves et tous les documents que tu as, maintenant.

— Tout est en ligne, répondit-elle.

Elle repensa à Smith, et à quel point il serait énervé quand elle avouerait l'avoir berné. « Je peux vous les faire parvenir dès que possible. J'ai juste besoin de vingt-quatre heures pour m'occuper de quelques détails.

Erika leva un sourcil.

— T'as fini, oui ? Tu nous demandes tout ça, et après, tu nous demandes vingt-quatre heures en plus ?

— Oui, répondit Cameron d'un ton qui ne laissait aucune place à la contestation.

— Nous t'enverrons un contrat de travail, l'interrompit l'éditeur en veste à carreaux. Envoie-nous juste les documents quand tu auras reçu le contrat.

— Bien, répondit Cam. Je serai vite de retour.

Elle ramassa son sac et sortit de la salle de conférence. Elle s'arrêta et récupéra ses bagages à la réception, avant de sortir dans la rue. Elle erra dans la rue, marcha quelques temps, et s'assit sur un banc.

Elle n'arrivait pas à se sortir de la tête l'expression que Smith aurait quand elle lui avouerait son plan. S'il éprouvait les mêmes sentiments qu'elle avait à son égard, ou au moins un quart de ce qu'elle ressentait pour lui, il serait absolument anéanti.

Elle s'assit, droite comme un i et essaya de trouver une solution pour ne pas perdre à jamais le contact avec Smith. Rien ne lui vint à l'esprit, malgré ses efforts.

Chaque scénario qu'elle parvenait à imaginer se finissait de la même manière. Il lui criait dessus, dévasté, et elle disparaissait de sa vie pour toujours. La seule ruse qu'elle parvint à imaginer serait de laisser le journal publier l'article sans y faire figurer son nom, ce qui voudrait dire mentir pour toujours à Smith.

Elle ne se voyait pas faire ça. Mentir à Smith était... *mal*, surtout si elle en était consciente.

Elle soupira. Elle devait dire la vérité à Smith. Elle savait qu'il lui en voudrait, qu'il ne lui parlerait même peut-être plus jamais. Mais elle l'aimait, et elle lui devait bien ça.

Elle se leva, vacilla un instant, et appela un taxi.

. . .

Il était l'heure de passer aux aveux.

26

Smith s'assit au bar. Il avait commandé un whisky et rangé ses lunettes de soleil. Il devait rencontre Lindsay Wu dans quelques minutes pour savoir ce qu'elle avait trouvé.

Il pianota un instant contre le bar et le barman lui servit un verre. Lindsay entra, faisant tourner les têtes sur son passage. Sa robe portefeuille rouge attirait le regard et s'accordait parfaitement à sa petite silhouette. Elle lui rappela une des toilettes de Cameron, ce qui le fit sourire.

Peut-être lui demanderait-il de la porter cette soirée-là, quand ils sortiraient pour dîner.

— M. Calloway, le salua Lindsay en penchant la tête et en faisant glisser un dossier sur le bar.

— Mademoiselle Wu. Vous voulez boire quelque chose ?

— Je préférerai passer directement à ce qui m'amène, si vous voulez bien.

— Comme vous voudrez, répondit-il en écartant son verre. Voyons voir ce que vous avez trouvé.

Il prit une grande inspiration et ouvrit le dossier.

— J'ai pris des photos des cinq personnes les plus puissantes de votre entreprise, vous y compris, comme vous me l'aviez demandé.

Il acquiesça, n'ayant rien à ajouter.

— J'ai creusé dans le passé de chacun d'entre eux, continua-t-elle. Lorsque vous m'avez vue au manoir de votre père, j'étais encore en train de réunir des informations. Après ça, j'ai utilisé mes relations avec des cybercriminels pour... disons entrer par effraction dans les ordinateurs de ces personnes. Dire que j'ai trouvé des preuves qui mènent sur la piste d'une personne serait un euphémisme... C'était scandaleux.

— Et ?

— Il semblerait que... lâcha-t-elle. Il semblerait que votre père soit coupable. Il a utilisé son ordinateur personnel pour déplacer de l'argent de compte en compte au sein même de l'entreprise. Il a utilisé une adresse mail qu'on pouvait remonter jusqu'à lui pour faire ces transactions. Il a utilisé cette même adresse mail pour couvrir ses traces, en se servant de quelqu'un travaillant chez vous, une personne qui s'appelle Stacey.

Il cligna des yeux. Il n'arrivait pas à y croire. Ce que venait de dire Lindsay était tout simplement... ça ne pouvait pas être juste.

— C'est pas vrai... C'est pas possible.

— Je suis désolée, mais c'est la vérité, M. Calloway. Et je crains que ça ne s'arrête pas là.

Smith sentit la colère monter en lui.

Ma mère est morte, donc si vous voulez salir d'autres membres de ma famille, vous devrez repasser.

Lindsay hésita un instant, se mordant les lèvres, puis elle secoua la tête.

— Je suis désolée, M. Calloway, dit-elle.

Elle ouvrit le dossier et le fit glisser vers Smith. La première chose qu'il vit fut une photo de Cameron qui entrait dans un bâtiment.

Il serra les poings.

— Qu'est-ce que c'est que ça ?

— Votre assistante de direction, Cameron Turner. Nous avons enquêté, et... son nom ne correspond pas aux registres. Nous avons creusé davantage, et nous l'avons reliée à une certaine Cameron Parker, qui travaille pour le Daily News. D'après mes amis, elle aurait été virée récemment, mais ces photos datent d'hier.

Il prit les photos et les regarda sans parvenir à y croire. Elles montraient Cameron entrant dans la maison mère du journal. Les bureaux, peut-être. Elle portait autour du cou un badge avec sa photo dessus.

Il leva à nouveau les yeux vers Lindsay, hagard.

— Bordel, vous n'êtes pas sérieuse ?

— Apparemment, Mlle Parker a reçu la mission de devenir votre secrétaire personnelle et de fouiller dans les pratiques de l'entreprise. Il y a quelques mails établissant sa couverture, mais je n'ai pas trouvé nécessaire de les imprimer.

Smith était sous le choc. Il contempla sa boisson l'espace d'une minute et se fit craquer les doigts. Il mit un moment à reprendre le contrôle de ses émotions et cacha ses dernières derrière un masque de nonchalance. Lorsqu'il leva les yeux vers Lindsay, son expression était neutre.

— Êtes-vous sûre de ne pas vous tromper à propos de mon père ou de Cameron ?

— Oui, certaine, j'ai vérifié, acquiesça-t-elle.

— Merci, dit-il. Ce sera tout.

Il marqua une pause le temps de mettre de l'argent sur le comptoir et partit. Il était si énervé qu'il oublia la voiture qui l'attendait.

Ce que Lindsay venait de lui dire...

Il se sentait trahi. Son père pillait dans les comptes de l'entreprise, s'attendant à ce que Smith ... ne le remarque pas ? S'en foute ?

Ce que faisait son père n'était pas illégal à proprement parler, mais c'était immoral.

Et Cameron... il n'avait aucune idée de comment réagir. Il ne savait rien d'elle, ça, il le savait. Apparemment, il ne connaissait même pas son vrai nom. Tous les sentiments qu'il éprouvait pour elle, surtout depuis qu'ils couchaient ensembles était... faux ?

Dans sa tête, il se repassa chaque minute qu'ils avaient passée ensemble. La nuit où il l'avait rencontrée, au bar. Était-ce un coup monté ? Avait-elle fait des recherches sur le genre de filles qui lui plaisaient ? S'était-elle habillée exprès pour le séduire ?

Même en mettant de côté cette nuit, pour laquelle il avait plus que sa part de responsabilités, il y avait tellement de choses qui le dérangeaient.

Depuis la minute à laquelle elle était entrée dans son bureau, la seconde même à laquelle elle avait supplié de garder son poste, elle l'avait manipulé. Elle lui avait menti consciemment, et pas qu'à cette occasion.

Ne sachant que faire, Smith erra pendant près d'une heure. Il avait besoin de s'occuper et de Cameron et de son père, et le plus tôt serait le mieux. Il devait les virer tous les deux.

Mais là où il mourait d'envie d'envoyer son père en prison pour ce qu'il avait faire, il ne savait pas comment réagir avec Cameron.

27

Cameron avait préparé un plan. Elle allait tout expliquer à Smith, en essayant de rester le plus calme possible. Il allait probablement hurler, ou au moins faire preuve d'une colère *froide et silencieuse*, mais elle respecterait sa décision.

Elle se gara dans la rue en face de son appartement, se préparant pour ce qui allait suivre. Elle prit une profonde inspiration et sortit de sa voiture.

Elle se dirigea vers le bâtiment et scanna sa carte d'accès. La porte s'ouvrit, à son grand soulagement. Elle ramena ses cheveux derrière ses oreilles et se dirigea vers les ascenseurs. Elle essaya de scanner une nouvelle fois sa carte pour appeler un ascenseur, mais n'obtint pas le résultat escompté. À la place, le scanner lui délivrait un *bip bip* agaçant. Elle regarda sa carte et la scanna une nouvelle fois. *Bip bip*.

Après plusieurs autres essais, elle rangea la carte et sortit son téléphone. Elle envoya un message à Smith.

Je suis en bas. La carte que tu m'as donnée ne fonctionne pas.

Elle se mordit la lèvre une nouvelle fois. De toutes les

cartes qui pouvaient ne pas fonctionner, il fallait que ce soit celle-là. Elle sursauta quand son téléphone vibra dans sa main. C'était un message de Smith.

Je descends.

Elle inspira et expira lentement, essayant de se calmer. Elle ne put pas s'empêcher de jouer avec sa robe. Elle était entièrement en dentelle, mais elle était courte et ne cachait pas grand-chose. Elle avait passé une heure entière à la choisir, essayant d'opter pour le look le plus innocent et sexy possible.

Elle n'était pas bête au point de croire qu'une jolie robe lui permettrait de faire passer la pilule, mais un bref rappel de leur histoire et de leurs bons moments ne pouvait pas faire de mal.

Cam attendit nerveusement que retentisse le *ding* sonore caractéristique de l'ascenseur. Lorsqu'il se fit finalement entendre, elle manqua de sursauter. La porte s'ouvrit sur Smith, habillé tout en noir, prêt à sortir.

L'expression neutre peinte sur ses traits effaça son sourire dès que l'ascenseur ouvrit ses portes.

— Quoi ? demanda-t-elle, sachant déjà que quelque chose ne tournait pas rond.

Elle s'approcha pour l'embrasser, mais il l'esquiva.

— Je pensais que tu voudrais peut-être m'en parler, dit-il en regardant le sol.

— Et bien... dit-elle en se mordant la lèvre. Il faut que je te parle de quelque chose.

—Vraiment ? Est-ce que ça a quelque chose à voir avec le fait que tu travailles pour le Daily News ? lui demanda-t-il d'un air de défiance.

— Je... tenta-t-elle, tétanisée.

— Tu veux savoir un truc ? insista-t-il en secouant la

tête. J'arrive pas à croire que j'ai été si bête. La nuit où j'ai vu quelqu'un rentrer chez toi, j'aurais dû m'en douter.

— Smith, je...

— Il travaille pour le Daily News aussi, apparemment. Tu vois, j'ai engagé une détective privée pour faire quelques recherches sur les gens qui m'entouraient. Je ne lui ai pas dit d'enquêter sur toi, mais elle est revenue avec cette... cette histoire. À propos de toi et des gens pour qui tu travailles, je veux dire, pour qui tu travailles vraiment.

Elle resta silencieuse. Il fronça les sourcils, énervé.

— Tu n'as rien à dire pour ta défense, hein ? Même pas une petite pirouette pour t'en sortir ?

— J'allais t'en parler...

— Ah ouais ? Et quand ? Quand tu aurais pondu ton article pour ton vrai travail ? Quand tu en aurais marre de ma bite ?

Elle se sentait au bord du gouffre, elle leva la voix.

— Je suis venue ici pour t'en parler !

Il s'arrêta à quelques pas d'elle. Il la regarda, les traits déformés par la rage. Il se mit à crier.

— Et alors ?

Elle battit des paupières.

— Je pensais... qu'une fois que toute cette affaire avec ton père serait passée...

— Ah ouais ? Tu pensais que je ne serais plus énervé ? Tu pensais que j'oublierais juste que la femme en qui j'avais confiance, celle auprès de qui je me confiais, m'avait trahi ? Ça aurait été tellement beau, tellement pratique.

— Je n'ai jamais voulu que tout ça arrive...

— Mais tu l'as fait ! Depuis le moment où tu m'as vu pour la première fois, ou au moins le moment où tu m'as fait ce discours larmoyant, tu savais que tout ça arriverait. Tu t'es fixé un but, et tu l'as atteint. Et j'ai été suffisamment stupide pour tomber dans le panneau.

— Smith, vraiment ! Je n'ai jamais voulu te blesser. Je tiens à toi.

Il lui adressa un sourire triste, et sortit une petite boite en velours de sa poche. Il ouvrit la boîte et lui dévoila une bague en or, simple, sans fioriture ni pierre précieuse. Elle le regarda, confuse.

— Ça fait des générations que cette bague se transmet dans ma famille. L'héritier de la famille l'utilise pour faire sa demande en mariage. Sa simplicité est censée représenter le mariage, c'est plus qu'un anneau. Ça fait quelques semaines que je me promène avec, en cherchant une manière d'aborder le sujet, de savoir ce que tu penses du mariage, dit-il refermant la boite.

Elle lui jeta un regard, incertaine de ce qu'elle devait dire.

— C'est une bonne chose que je n'ai pas su t'en parler. Tu vois, j'ai été bête, j'ai pensé qu'on aurait peut-être un futur ensemble. Et si j'avais parlé du futur avec toi, j'aurais déjà été marié, ou pire encore, quand j'aurais appris la vérité...

Cette dernière pensée la fit basculer. Elle perdit le contrôle et commença à pleurer.

— Je suis tellement désolée, Smith. Quand ça a commencé, c'était juste le travail. Je n'aurais jamais pensé tomber...

— Ta gueule. Ne dis rien, n'utilise pas ce mot-là.

— C'était un amour impossible...

— Tu dis ça, mais tu n'as pas une putain de multinationale sur les bras. Demain, tu retourneras au Daily News, mais moi, je devrai faire face à tous les gens qui faisaient confiance à mon père. Il était devenu un objectif pour eux. Je vais devoir les supplier de me pardonner pour un crime que je n'ai pas commis.

— Smith...

— Tu sais quoi ? J'ai peut-être été un tyran au boulot. J'en avais peut-être trop besoin. La seule chose que j'ai demandée de toi en dehors du travail, c'était ton honnêteté.

Il grimaça, et alla scanner sa carte. Les portes de l'ascenseur s'ouvrirent.

— Apparemment, c'était trop t'en demander.

Il termina sa phrase et entra dans l'ascenseur.

— Attends, Smith ! Ne pars pas ! cria-t-elle, les larmes aux yeux.

Il croisa les bras, et les portes de l'ascenseur coulissèrent, se refermant sur lui. La porte principale s'ouvrit derrière Cameron, et elle découvrit deux gardes se dirigeant vers elle.

— Non ! s'effondra-t-elle.

— Madame, il va falloir quitter la propriété, dit l'un d'entre eux.

— Si je peux voir Smith, lui parler... se lamenta Cameron

— Nous avons reçu l'ordre de vous donner ça, et de vous demander de partir, insista l'autre garde.

Il lui tendit un paquet, dont elle se saisit. Après quoi, ils attrapèrent chacun un bras et la traînèrent dehors.

— Non, laissez-moi !

— Partez, s'il vous plaît. Et restez loin de cette propriété, la commanda le premier garde.

Elle se dégagea de leur poigne et se dirigea vers sa voiture. Une fois dedans, elle laissa ses émotions sortir, s'effondrant en larmes et frappant le volant.

Les doigts tremblants, elle ouvrit le paquet que les gardes lui avaient donné. Elle découvrit un papier officiel, lui signifiant son renvoi de chez Calloway Corp.

Il en avait fini avec elle. Vraiment fini.

Après sa crise de larmes, elle se sentit étrangement vide. Elle démarra la voiture et rentra chez elle, n'ayant aucune idée de ce qu'elle allait devenir.

Elle pensait avoir tout prévu...

28

Le jour suivant, Smith était une épave au travail. Non seulement sa petite amie s'était avérée être une journaliste, mais son père était l'homme qui mettait à mal les finances de son entreprise. Et pour ne pas arranger les choses, il s'était servi dans la caisse de retraite des employés.

Il ne savait pas par qui il se sentait le plus trahi à l'heure actuelle.

Il arriva légèrement en retard. Il passa devant le bureau vide de Cameron comme si de rien n'était, mais il eut l'impression de recevoir un coup de poing au creux de l'estomac. Une fois dans son bureau, il ferma la porte et s'y adossa.

Il ferma les yeux l'espace d'une minute, essayant de se recentrer. Il avait de plus gros problèmes que sa rupture avec Cameron. Il devait mettre son père face aux accusations de corruption.

Il avait cependant besoin de se vider la tête, avant ça. Elle hantait toujours ses pensées, et les mêmes questions se répétaient encore et encore. Comment avait-elle bien pu faire ça ? Hier, elle avait vraiment eu l'air d'une victime.

Elle jouait peut-être la comédie, mais si c'était le cas, elle était bonne actrice.

Il serra les poings. Comment était-il supposé redresser cette entreprise s'il n'était pas capable de comprendre si Cameron l'aimait ou non ?

Il se focalisa sur sa respiration, essayant de la ralentir pour se calmer. Il redressa la tête et fit craquer sa nuque, prêt au combat. Il ressortit de son bureau, ignorant le coup de poing qui le frappa une nouvelle fois en passant devant le bureau vide de son ancienne assistante de direction.

Il descendit d'abord les escaliers et s'en alla voir les gardes. D'un visage de pierre, il leur annonça que son père pillait probablement dans leur caisse de retraite. Il leur expliqua qu'il allait confronter son père aux preuves immédiatement, et demanda leur appui.

Ils réagirent de la même manière que lui. Ils restèrent un instant sous le choc, pour finir par décider que quelque chose devait être fait.

Quand Smith remonta les escaliers, il était suivi de quatre gardes, et deux autres restèrent à regarder les caméras de surveillance. Les mains de Smith se mirent à trembler en arrivant devant le bureau de son père.

— Smith, dit la secrétaire en fronçant les sourcils devant les gardes. Qu'est-ce qui se passe ?

— J'ai besoin que tu descendes au cinquième, répondit Smith. Dis à Stéphanie que j'ai demandé à ce qu'elle te tienne compagnie. Je peux pas t'en dire plus, mais je peux te dire que tu n'as rien à craindre.

Elle resta figée un instant, pâle et tremblante. Un des gardes lui fit signe de s'écarter, et elle obtempéra.

Smith marcha jusqu'à la porte du bureau de son père, hésitant. Il réajusta sa cravate, qui lui donnait l'impression de l'étrangler.

Je peux le faire, se répéta-t-il intérieurement.

Il tendit la main et appuya sur la poignée, entrant dans la pièce. Son père fit pivoter sa chaise dans sa direction. Il était en pleine conversation téléphonique. Il leva un doigt, faisant signe à Smith d'attendre un instant.

— Jerry, Jerry, écoute. Oublie la Thaïlande, d'accord ? Bien, parfait. Écoute, mon fils vient d'arriver, et il a l'air de vouloir me parler de quelque chose de sérieux. Je vais devoir te laisser. Voilà. Fais de gros bisous à Nathalie pour moi.

Il raccrocha.

— Jerry Newman voudrait que nous nous occupions de ses affaires en Espagne. Ce n'est pas un gros projet, mais les opportunités qui en découleraient pourraient être juteuses, déclara son père.

Smith fronça les sourcils. Son père retira sa paire de lunettes et la posa sur le bureau.

— Qu'est-ce qu'il y a ? L'Europe a disparu de la carte, ou quoi ?

— C'est fini, papa, dit Smith, la colère montant en lui.

— Qu'est-ce qui est fini ?

— Tes petites magouilles. Tes petites transactions, pour vider la caisse de retraites des employés. Et tu pensais t'en tirer en me laissant nettoyer le merdier derrière toi ? cracha Smith. Non seulement j'ai eu vent de tes magouilles, mais Cameron aussi.

— Ta petite secrétaire ? Je m'en branle, je peux acheter son silence comme je veux, répondit son père.

— Tu ne t'en tireras pas en achetant les gens, cria Smith.

Cameron, que tu as embauché pour moi, travaille pour le Daily News. Je viens de découvrir qu'ils écrivaient un article sur Calloway Corp.

Spencer tira une tête de six pieds de long.

— Eh bien, nous devons les en empêcher !

— Tu ne comprends vraiment rien à rien. Tu ne peux plus rien arrêter. Même moi, je serais incapable de renverser la vapeur. Le pire, dans tout ça, c'est que tu vas me laisser dans la merde, avec je ne sais pas combien de dettes. Et les employés que tu as dépouillés vont *me* demander des comptes, à moi.

— Écoute, c'est mon entreprise. Je fais ce que je veux, quand je le veux. Dans moins de cinq ans, ces pertes ne seront que de l'histoire ancienne, expliqua-t-il en se levant de sa chaise.

— Quoi ? Qu'est-ce que tu veux dire ? demanda Smith, perplexe.

— Cinq ans, c'est rien ! C'est un battement de cœur dans la vie d'une entreprise, ajouta son père en se tournant vers la baie vitrée.

— Et les employés en colère ? Comment je vais faire ?

— C'est une grande chance qui se présente à toi. Mets-toi à ma place, rassure les employés, dis-leur que tout est sous contrôle, et gère l'argent. Dans un an, tu me remercieras.

— Tu déconnes, là ?

— Écoute. Le *conseil* m'a imposé une limite très basse quant à l'argent que je pouvais récupérer. Je ne peux retirer que vingt mille par mois. Tu arrives à le croire ? Moi, vingt mille par mois ?

Smith leva les yeux au ciel.

— Qu'est-ce que tu veux dire ?

— Ils ont déclaré dans les années quatre-vingt-dix que j'étais trop dépensier. Ils ont décrété que je devais vivre avec ce montant d'argent ridicule par mois, s'énerva-t-il. Ils ont ajouté que l'entreprise ne pourrait pas rester à flot sinon. Tous des fous !

— Mais pourquoi tu aurais besoin de plus d'argent que ça ? cria Smith en dévisageant son père avec une expression incrédule.

— Pour les femmes, bien sûr ! cria Spencer en retour. Elles veulent toutes quelque chose, tu sais. Achète-moi ci, achète-moi ça. Si je ne cède pas à leurs caprices, les femmes ne s'intéressent pas à moi. Tout ça depuis que ta pute de mère m'a quitté...

Smith s'avança d'un pas furieux et prit son père par la gorge.

— Elle s'est suicidée, cracha-t-il sur le visage de son père. Et je commence à comprendre pourquoi.

Il relâcha son père et le poussa.

— C'était juste une petite pute égoïste. Et elle a fait de toi un petit con égoïste, répondit son père d'un ton plein de haine en réajustant son costume.

— Je t'interdis de parler d'elle, hurla Smith.

— Attends de voir. Attends de voir ce qui va se passer quand tu auras mon âge. J'ai vu comment tu te comportais avec les filles, et tu ne sais pas comment t'y prendre. Tu ne saurais pas chopper une fille, même si ta vie en dépendait.

Smith regarda son père, partagé entre la fureur et le dégoût. Le vieil homme le dévisagea en retour, et ajouta :

— Un jour, tu seras comme moi. Tu finiras seul, comme moi.

Smith se tourna vers la porte, plein de dégoût.

— Je ne serai jamais une ordure comme toi.

Il ouvrit la porte et quitta le bureau, après quoi il appela les gardes.

— Il ne va pas quitter son bureau. Coupez les lignes téléphoniques, et mettez un brouilleur de signal devant son bureau. J'appelle la police, leur ordonna-t-il en sortant du bureau de son père.

Les gardes se mirent à exécution. Smith sortit son téléphone et prit une grande inspiration. Il composa le numéro de la préfecture locale et se figea un instant.

Il prit une autre inspiration, appuya sur le bouton appeler et attendit une réponse.

29

Smith s'assit dans sa Mustang décapotable, ne sachant pas où il devait aller. Il posa l a tête sur le volant, exténué.

Ces derniers jours avaient été un véritable enfer. Il avait appelé la police, dénonçant son propre père, mais quand les gardiens de la loi étaient arrivés, ils avaient trouvé un bureau vide.

En vérifiant les caméras de surveillance, Smith avait découvert qu'un des agents de sécurité avait escorté son père dehors. Depuis, ils étaient introuvables. Il avait plus tard trouvé une vidéo de surveillance montrant son père en train de monter dans son avion en direction des Maldives.

Il avait dû passer les trois jours suivants en compagnie des avocats hors de prix de Calloway Corp, répondant aux questions de la police et faisant son possible pour éviter les employés mécontents et les journalistes. Les médias s'étaient vite emparés de l'article du Daily News, et une tempête s'était déchaînée.

Les journalistes à scandale passaient leur temps libre en

embuscade. Il devait fuir la presse à chaque instant, subir l'assaut des caméras et des flashs dès qu'il quittait le moindre bâtiment. Les choses empirèrent tellement qu'il dut passer ses nuits à l'hôtel plutôt que dans son appartement.

Et pour couronner cette semaine merdique, il avait reçu un message sur son téléphone personnel lui annonçant la mort de son vieil ami Charles Dupointer.

— Il est parti vite, sans souffrir, dans son sommeil, lui avait confié le notaire de Charles. Il avait souhaité vous transmettre quelque chose, je vous l'ai donc envoyé par courrier. C'est assez petit, et vous devriez le recevoir ce matin-même.

Smith raccrocha, ne sachant pas comment réagir. La mort de Charles était un coup dur, surtout en ce moment.

Ce matin, il avait travaillé tard. Il avait reçu l'héritage de Charles, une boîte pas plus grande qu'un pamplemousse, emballée dans un papier marron. Il ne l'avait pas encore ouverte, et décida de l'emmener avec lui quand il quitta la pièce.

Il était dur de quitter l'hôtel discrètement, mais il y parvint. Il appela son chauffeur et lui demanda d'amener sa voiture un pâté de maison plus loin. Il monta directement dans sa voiture lorsqu'elle arriva et laissa le paquet sur le siège arrière.

Après avoir déposé son chauffeur quelques dizaines de mètres plus loin, Smith quitta la ville. Il s'arrêta pour manger un bout dans un restaurant d'autoroute et retourna dans sa voiture, la tête basse. Il n'avait plus d'idées, et plus aucune inspiration.

Il pensa à la dernière fois qu'il avait quitté la ville, en présence de Cameron. Ils étaient partis à la plage, à son *endroit secret à elle.* Il considéra un moment l'idée d'y aller. La dernière fois, il les avait ramenés chez eux. Il connaissait le chemin.

Il pouvait conduire jusque là-bas, et se demanda s'il ne prendrait pas une chambre d'hôtel dans le coin. Au moins, personne ne le chercherait à cet endroit.

Cette idée le décida à passer à l'acte. Il quitta le parking, et passa une heure sur la route. Il quitta la route en apercevant le panneau indiquant la pointe du Hibou.

Smith sortit de la voiture et avança vers la plage, faisant face à l'océan. L'eau était hypnotisante. Il s'assit à la limite de la marée et se protégea les yeux du soleil.

Il imagina une jeune Cameron, venant ici pour faire face à ses problèmes. En fermant les yeux, il la voyait presque. Son visage avait l'air dépourvu d'émotions, mais celles-ci faisaient rage sous la surface. Les vagues s'écrasaient, encore et encore, se reflétant dans ses yeux bleus.

Il ouvrit les yeux, dissipant sa vision. Les vagues déferlaient, reflétant le soleil.

Il se demanda ce à quoi avait bien pu penser Cameron au début. Peut-être lui avait-on offert une récompense juteuse en échange de sa trahison.

Je n'ai jamais voulu que tout ça arrive. Je tiens à toi, avait-elle dit.

Quelque part en lui, il savait que ces mots étaient emplis de vérité. Mais à ce moment-là, il avait été trop énervé pour y penser. Il était en colère contre lui, contre son père, et même contre Charles car il était mort.

Il était en colère contre le monde entier, car personne ne s'intéressait à ce que lui ressentait.

Je tiens à toi, entendit-il une nouvelle fois. C'était ça le problème, non ? Il avait vraiment tenu à Cameron, il était même tombé amoureux, avant qu'elle ne le *trahisse*.

Il regarda l'océan, essayant de tirer tout ça au clair. Il n'eut pas d'idée brillante, et aucune révélation ne vint le soulager.

Il se rappela le paquet de Charles, posé sur sa banquette arrière. Il se leva, s'épousseta, et courut à sa voiture. Il prit le petit paquet et le posa sur le toit de sa voiture.

Il prit une profonde inspiration, réalisant qu'il tenait dans ses mains l'une des dernières choses que Charles avait touchée. Son ami avait toujours été excentrique, mais il était sûr d'une chose, c'est que ce moment était important.

Il déballa le petit paquet, se demandant ce que Charles avait bien pu vouloir lui transmettre. Il découvrit une boîte, et plusieurs choses à l'intérieur : une note, une petite boîte en velours, et un paquet de photos.

Il jeta un œil aux photos. Elles représentaient Charles, en jeune homme. Il dansait sur certaines photos avec une belle blonde. Sur d'autres, il se promenait avec un groupe de personnes, parmi lesquelles se trouvait la femme blonde.

Il prit la lettre, et l'ouvrit.

Cher Smith,

Elle s'appelait Éloïse. Un joli bout de femme, n'est-il pas ?
Elle faisait pâlir les étoiles, tellement elle était belle.
J'aurais aimé savoir sur le moment que j'étais amoureux,
et non pas que je ressentais quelque chose d'éphémère.
Je ne t'ai pas raconté comment s'est finie notre histoire,
parce que je ne suis qu'un couard.

Vois-tu, Éloïse était ta grand-mère.
Ton grand-père savait que je ne ferai pas ma demande,
aussi lui fit-il la sienne. C'était un homme malin.
Ce n'est que lorsqu'elle fut partie, lorsque
je lus son faire-part de décès, que je parvins à
reprendre contact avec ton grand-père.
Nous redevînmes amis, liés par la perte de la seule
femme que nous avions jamais aimée.
Elle est morte dans un accident de voiture.
Personne n'aurait pu le prévoir, mais ton
grand-père et moi-même étions tout de même
dévastés.
J'ai souffert en silence, sachant qu'elle me
manquerait pour le restant de mes jours.
Peut-être que si je l'avais épousée,
elle ne serait pas morte dans cette voiture.
Mais même si elle était morte quand même,
j'aurais passé vingt ans de plus avec elle,
et elle aurait porté mes enfants.
Quand ton grand-père est mort,
il m'a légué la seule chose qu'il lui restait d'elle.
C'était la bague avec laquelle il avait fait
sa demande. Cette bague symbolisait toutes
les erreurs que j'avais pu faire au cours de ma vie.
Je l'ai gardée toutes ces années, sachant que
je lui trouverai une utilité.
Si j'avais épousé ta grand-mère, je ne serais pas
où je suis aujourd'hui. Je ne contemplerai pas les
gratte-ciels de Tokyo, en souhaitant en avoir fait plus.
Au lieu de ça, tout ce que j'ai, c'est des gens à m services.
J'ai tellement, et pourtant, il me manque la seule chose
qui vaille vraiment la peine de vivre.

Je ne dis pas ça pour que tu aies pitié de moi. Tu me connais, j'ai une idée derrière la tête. Je veux bien plus que ça.
Je veux que tu trouves ce que je n'ai jamais eu.
Je veux que tu trouves l'amour, et que tu t'y accroches de toutes tes forces.
J'espère que tu sauras faire fi de ta famille, de ton statut, et de ta position dans l'entreprise familiale dans cette quête. L'amour, c'est toujours compliqué, et jamais facile, mais au final, ça en vaut la peine sans aucun doute.
J'espère que ce petit bijou t'aidera à trouver ton chemin.
Je te souhaite d'avoir plus de chance que moi.

Avec toute mon admiration,

Charles Dupointer

SMITH MIT la lettre de côté et ouvrit la petite boîte. À l'intérieur, un diamant scintillait, enchâssé sur une bague. Deux saphirs brillaient de part et d'autre du diamant. Ils avaient la même couleur que les yeux de Cameron.

Il referma la boîte et mit le paquet de côté. Il s'appuya contre le toit de sa voiture, réfléchissant à toute vitesse. Charles avait été amoureux de sa grand-mère, apparemment.

L'histoire de Charles et de son amitié complexe avec son

grand-père était surprenante, sans aucun doute. Les sentiments que Charles avait éprouvés avaient duré toute sa vie.

Smith repensa à Cameron. Il repensa à leurs folles nuits au lit, et à la manière dont il se sentait quand elle était dans ses bras. Ces images lui donnèrent la chair de poule, malgré la lumière chaude du soleil sur sa peau.

Il tenait à elle. Bordel, il l'aimait, même. Il arrivait enfin à se l'avouer. Mais elle l'avait trahi, elle avait trahi sa confiance.

Est-ce qu'il parviendrait à se défaire de ce sentiment ? Smith passerait-il le reste de ses jours à penser à Cameron comme étant celle qu'il avait perdue et après qui il aurait dû courir ?

Il regarda l'océan, espérant trouver une réponse.

30

Cameron se retourna sur son canapé, passant d'une chaîne d'informations à l'autre. Toutes les chaînes télés étaient obsédées par le scandale à Calloway Corp, dénonçant la gourmandise des patrons et la confiance trahie des salariés. Elle coupa le son de la télévision, incapable d'en entendre plus.

Elle arrêta de changer de chaîne, regardant Spencer Calloway se diriger vers son jet privé. Elle avait déjà vu cette vidéo, tout le monde l'avait déjà vue.

Le clip était flou, mais elle pouvait sans peine reconnaître le vieux Calloway qui montait dans son avion. Le titre était accrocheur : *Chasse à l'homme. Où est passé Spencer Calloway ?*

Durant les dix jours après lesquels elle avait publié son histoire, tout avait paru aller à une vitesse folle. Elle était revenue au Daily News le lendemain de son licenciement à Calloway Corp, demandant à ce que son nom ne figure pas sur l'article du Daily News, malgré les cris d'Erika. Puis, elle avait cessé de décrocher quand ils avaient essayé de la recontacter.

Elle avait essayé d'appeler Smith une centaine de fois au cours des trois premiers jours d'exil autoproclamé, mais elle avait fini par abandonner cette idée. Elle était maintenant résignée et un peu déprimée. Elle rassembla sa volonté et se leva pour aller prendre sa douche. Elle laissa cependant sa boîte vocale prendre les appels pour elle.

Elle se redressa sur le canapé quand son téléphone commença à sonner. Elle regarda où il était posé, sur le comptoir de la cuisine. Son répondeur décrocha, demandant à la personne qui l'appelait de laisser un message.

— Cameron ! Ici Russ, du Boston Chronicle. Nous nous sommes rencontrés il y a quelques années, on était tous les deux stagiaires. Bref, j'ai lu ton article sur l'histoire de Calloway. Un travail incroyable. Si tu penses déménager sous peu, passe-moi un coup de fil !

Il laissa son numéro et raccrocha. Cam se coucha sur son canapé. C'était la seule chose pour laquelle elle arrivait à trouver suffisamment d'énergie ces derniers jours.

L'écran de son téléviseur changea d'image, affichant Smith à une conférence de presse. Son cœur se serra douloureusement à sa vue. Il avait une expression pincée, son corps semblait crispé.

Elle avait gâché sa vie. Elle n'était peut-être pas responsable de l'immense fraude fiscale, ça, c'était plutôt la faute de Spencer. Mais elle était responsable de la foule de journalistes qui le suivait partout. Elle dut changer de chaîne pour ne pas se mettre à pleurer.

Elle avait enchaîné les erreurs avec Smith. Elle se sentait stupide d'avoir cru pouvoir obtenir son pardon.

Maintenant, assise seule sur son canapé, elle savait qu'elle s'était comportée comme une sotte. Elle avait été tellement bête... Elle n'avait pensé qu'à elle, et elle s'était attendue à ce qu'il ne lui en veuille pas, pour une raison obscure.

Si elle avait pu revenir en arrière, elle aurait tout raconté à Smith dès le début. Si elle lui avait raconté ce qui se passait, peut-être ne lui en aurait-il pas autant voulu.

Quelqu'un frappa à la porte. Cam se leva péniblement.

— Enfin ! se plaignit-elle.

Elle avait commandé thaïlandais à peu près quarante-cinq minutes plus tôt, sachant qu'elle devait manger malgré son manque de motivation pour quoi que ce soit. Elle se traîna jusqu'à la porte, imaginant d'avance l'odeur de riz et de curry. Elle ouvrit.

Quelle ne fut pas sa surprise de découvrir Smith sur le palier, son sac de nourriture thaïlandaise dans une main. Il était aussi beau que dans ses souvenirs et portait sa tenue noire et décontractée. Ses cheveux noirs tombaient devant ses yeux bleu nuit, qui étaient fixés sur elle.

L'espace d'une seconde, elle se dit qu'elle rêvait.

Elle se tint là et resta bouche-bée quelques secondes, avant de se pincer. Il était bel et bien réel, et il se tenait devant elle. Elle réalisa qu'elle devait tirer une drôle de tête, car Smith sourit.

— Je suis arrivé en même temps que le livreur, dit-il en levant le sac de nourriture. J'ai pensé faire d'une pierre deux coups.

— Je... j'ai essayé de t'appeler, répondit-elle surprise.

— Je sais, la rassura-t-il. J'étais en colère. Je n'arrivais pas à reprendre le contrôle. Je n'arrivais pas à croire ce qui venait de se passer, ce que... mon père a fait, et j'ai reporté toute ma colère sur toi.

Elle écarta une mèche derrière son oreille. Elle avait soudainement la gorge sèche et serrée, comme si toutes ses émotions essayaient de sortir en même temps. Elle sentit des larmes perler au coin de ses yeux.

— Je t'ai trahi, s'effondra-t-elle en mettant les mains devant sa bouche.

Les larmes roulèrent sur ses joues.

— Est-ce que... je peux entrer ? demanda-t-il en regardant par-dessus son épaule.

Il n'ajouta rien, mais Cameron pensa qu'il guettait les journalistes à sa poursuite.

— Bien entendu, répondit-elle en s'écartant pour le laisser passer. Elle s'essuya les yeux, se sentant ridicule.

Il entra et posa le sac de nourriture, et elle ferma la porte derrière lui. Elle se sentait stupide, dans son pyjama à fleurs, surtout en comparaison de Smith. Il se tourna vers elle, une expression sérieuse sur le visage.

— Je suis désolée, Smith. J'ai perdu le contrôle de la situation. Je ne voulais pas te faire de mal... commença-t-elle avant de déglutir péniblement. J'ai essayé d'être honnête avec toi. J'ai même essayé de te dire que c'était ton père qui détournait l'argent...

— Je sais, répondit-il simplement. J'avais besoin de temps pour digérer tout ça. Mais c'est bon, maintenant, et c'est pour ça que je suis ici.

Il s'avança vers elle et essuya une larme sur son visage.

— Je suis vraiment désolée, Smith, essaya-t-elle d'articuler sans pleurer. Je ne le referai plus jamais. Tu seras toujours ce qui compte le plus pour moi. Toujours.

Il la regarda de ses grands yeux sombres.

— Je te pardonne, dit-il doucement. C'est juste que... je...

Elle n'avait jamais eu autant besoin d'un câlin, mais elle

ne savait pas comment il réagirait. Elle poussa un bruit étranglé, levant des yeux pleins de peine vers lui.

Il ouvrit les bras, l'invitant à venir s'y blottir. Elle se précipita contre lui, le repoussant légèrement en arrière quand elle passa les bras autour de son torse. Elle s'accrocha à lui désespérément, n'arrivant pas à y croire. Elle n'arrivait pas à comprendre ce qu'il se passait vraiment.

Lorsqu'elle s'éloigna de lui, Smith plaqua sa bouche contre la sienne. Elle gémit et passa une main dans ses cheveux. Il l'attira contre lui, pressant son corps contre le sien. Le simple contact de leurs hanches suffit à Cameron pour enrouler sa jambe autour de lui, souriante.

Son corps lui *manquait*. Elle le prit par la veste, voulant dévoiler plus de sa peau. Il se débarrassa du morceau de tissu, l'embrassant en l'emmenant vers le canapé. Il défit ses lacets et enleva ses bottes pendant qu'elle quittait son haut de pyjama.

Elle ne portait rien en-dessous. Elle frissonna lorsqu'il enfonça son poing dans ses cheveux roux, l'attirant vers lui et embrassant sa clavicule. Elle haleta de plaisir lorsqu'il mordilla son téton avec douceur.

— Ça, c'est à moi, grogna-t-il en embrassant son sein. Et ça, aussi.

Il embrassa son nombril, ses hanches, et le haut de son mont d'Ève. Elle cria de plaisir en balançant ses hanches, la chatte trempée.

— Oui, Smith, vas-y, souffla-t-elle en glissant les pouces dans l'élastique de son pyjama, avant de le faire descendre.

Elle était nue, là-dessous aussi.

Il remonta contre son corps, l'embrassant sauvagement. Elle frissonna quand il écarta ses cuisses.

— Enlève ça, insista-t-elle en tirant sur son t-shirt.

Il s'exécuta, dévoilant un torse musclé et une peau reluisante. Elle fit glisser ses mains le long de son dos, frottant ses ongles contre la chair chaude.

Ils s'embrassèrent encore une fois. Il toucha l'intérieur de sa cuisse et caressa sa peau en remontant. Ses doigts trouvèrent sa chatte et sa langue roula autour de celle de Cam.

Il fit entrer profondément deux doigts en elle. Ils gémirent de concert alors qu'il la baisait lentement et puissamment avec ses doigts, prenant doucement possession d'elle.

— Putain, t'es tellement serrée, haleta-t-il en repliant doucement ses doigts.

— Oh oui ! Oui ! l'encouragea-t-elle. Elle embrassa son cou, le suçant çà et là, sachant pertinemment qu'elle laisserait des traces.

Il fit aller et venir ses doigts, les repliant comme pour lui faire signe de venir. Normalement, se doigter ne lui procurait pas autant de plaisir, mais elle aurait été capable de jouir juste en voyant l'air pervers sur les traits de Smith. Il se mordait la lèvre inférieure et regardait ses seins rebondir.

Il changea de position. Elle sentit le jean de Smith frotter contre sa cuisse. Elle adorait tout ce que Smith pouvait lui faire, mais elle en voulait plus.

— Enlève ton pantalon, ordonna-t-elle en essayant de reprendre son souffle. Je te veux en moi.

Il retira ses doigts et la prit dans ses bras, la portant jusqu'à son lit. Il la déposa et défit sa ceinture, hésitant.

— Cameron...

— Qu'est-ce que t'attends pour me baiser ? Qu'il se mette à neiger ? demanda-t-elle en se mettant à quatre pattes.

Il s'assit sur le lit, partiellement habillé, et caressa son cul nul.

— Je veux te demander quelque chose, avant.

Elle s'effondra, et se retourna pour le regarder.

— Tout ce que tu voudras.

Il sortit une petite boîte de derrière sa cuisse. Elle la vit et se mit à trembler.

— Cameron, dit-il en mettant un genou à terre. J'ai passé beaucoup de temps à réfléchir, récemment. Je pense que je ne veux pas être seul, et que je veux passer ma vie aux côtés de quelqu'un qui m'est cher. Et quand je pense à quelqu'un qui m'est cher, je n'arrive pas à penser à quelqu'un d'autre que toi.

Elle porta ses mains à ses lèvres, incapable de produire le moindre son. Il ouvrit la boîte, révélant la bague en diamant. Le diamant brillait, son éclat mis en valeur par les deux saphirs qui l'entouraient.

— Je sais que nous avons tous les deux fait des erreurs. Mais je veux passer ma vie à tes côtés. Je veux que nous affrontions nos problèmes ensemble, dit-il avant de marquer une pause et de reprendre son souffle. Cameron, je t'aime. Veux-tu m'épouser ?

Les larmes lui montèrent aux yeux, et elle acquiesça vigoureusement.

— Tu veux bien ? demanda-il en souriant.

Il lui plaça les mains contre ses joues, ce qui la fit pleurer plus encore. Les larmes coulaient le long de ses doigts.

— Oui, oui, je le veux, parvint-elle à articuler, pleurant et riant à la fois.

Il sortit la bague de son écrin. Il prit la main gauche de Cam et passant délicatement la bague à son annulaire. Il releva les yeux vers elle et elle le fixa, dégoulinante de larmes.

Smith se releva et prit place derrière Cameron sur le lit. Elle le serra dans ses bras, et il lui rendit son étreinte.

— Tu m'aimes vraiment ? murmura-t-elle.

— Je t'aime, je t'aime de tout mon cœur, répondit-il en repoussant les cheveux de son visage.

Elle resta silencieuse un long moment.

— Tu vas faire quoi pour Calloway Corp ? demanda-t-elle enfin, d'un ton très doux.

Il la regarda et haussa les épaules, avant de lui adresser un franc sourire.

— Tu sais, je pense que ça peut attendre. On verra ça demain. On a tout le temps d'y penser, répondit-il.

Elle sourit et acquiesça, plaçant ses mains contre le torse puissant de Smith.

— Demain, on s'occupera des affaires sérieuses. Cette nuit... on joue.

— Ah oui ? demanda-t-il avec un sourire carnassier.

Elle le repoussa contre le lit et le chevaucha en faisant voler ses cheveux derrière sa tête.

Elle se pencha et l'embrassa.

— Oh que oui, affirma-t-elle.

Il avait raison, ils avaient tout le temps qu'ils voulaient pour s'occuper de leurs problèmes.

Cameron jeta la tête en arrière, un grand sourire sur le visage.

Leur vie ensemble ne faisait que commencer.

NOUVELLES DE JESSA JAMES

Abonnez-vous à ma liste de lecteurs VIP français ici : http://ksapublishers.com/s/jessafrancais

LIVRES DE JESSA JAMES

Mauvais Mecs Milliardaires

Du Bout des Lèvres

Un Accord Parfait

Touche du bois

Un vrai père

Le Club V

Dévoilée

Défaite

Percée à Jour

Le pacte des vierges

Le Professeur et la vierge

La nounou vierge

Sa Petite Pucelle Dépravée

Le Cowboy

Comment aimer un cowboy

Comment garder un cowboy

Livres autonomes

Supplie-Moi

Fiançailles Factices

Pour cinq nuits et pour la vie

BOOKS BY JESSA JAMES (ENGLISH)

Bad Boy Billionaires

Lip Service

Rock Me

Lumber jacked

Baby Daddy

The Virgin Pact

The Teacher and the Virgin

His Virgin Nanny

His Dirty Virgin

Club V

Unravel

Undone

Uncover

Cowboy Romance

How To Love A Cowboy

How To Hold A Cowboy

Beg Me

Valentine Ever After

Covet

À PROPOS DE L'AUTEUR

Jessa James a grandi sur la Cote Est des États-Unis, mais a toujours souffert d'une terrible envie de voyager. Elle a vécu dans six états différents, a connu de nombreux métiers, mais est toujours revenue à son premier amour – l'écriture. Jessa travaille à temps plein comme écrivaine, mange beaucoup trop de chocolat noir, à une addiction aux Cheetos et au café frappé, et ne peut jamais se lasser des mâles alpha sexy qui savent exactement ce qu'ils veulent – et qui n'ont pas peur de le dire. Les coups de foudre avec des mâles alpha dominants restent son genre favori de nouvelles à lire (et à écrire).

Inscrivez-vous ICI pour recevoir la Newsletter de Jessa
http://ksapublishers.com/s/jessafrancais

www.jessajamesauthor.com

www.ingramcontent.com/pod-product-compliance
Lightning Source LLC
LaVergne TN
LVHW011812060526
838200LV00053B/3753